Wolfgang Heribert von Dalberg

Der Mönch vom Carmel, ein dramatisches Gedicht

Wolfgang Heribert von Dalberg

Der Mönch vom Carmel, ein dramatisches Gedicht

ISBN/EAN: 9783743317581

Hergestellt in Europa, USA, Kanada, Australien, Japan

Cover: Foto ©Andreas Hilbeck / pixelio.de

Manufactured and distributed by brebook publishing software
(www.brebook.com)

Wolfgang Heribert von Dalberg

Der Mönch vom Carmel, ein dramatisches Gedicht

Der

Mönch vom Carmel.

Ein dramatisches Gedicht

in fünf Aufzügen

[von Fr. von Dalberg]

"Hinweg! dein Blick ist Tod verruchter Mörder! pag. 90.

Auf der Mannheimer Bühne den 10. Sept. 1786
zum erstenmale aufgeführt.

München und Leipzig,
in der neuen Buchhandlung,
1787.

Schreiben an Herrn Gotter.

Finden Sie nicht, daß, seitdem die Freunde der Versification im Drama seltener in Deutsch= land geworden, Publikum und Schauspieler des Rhythmus auf der Bühne entwohnt sind, und die Aesthetik ihre ganze Beredsamkeit auf= gebothen hat, *) um aus allen dramatischen Werken den Vers zu verbannen, es ein ziem= lich gewagter Versuch ist, ein Trauerspiel in gebundener Rede auf dem Theater erscheinen zu lassen? — Ich sah die Schwierigkeiten wohl ein, welche sich bey der Aufführung eines Stückes in Versen zeigen müssen: glaubte dessen ungeachtet, daß wenn auch diese äl=

* 2

---

*) S. Engels Mimik, zweiter Theil. Ein Werk, welches dramatischen Dichtern und Schauspie= lern nicht genug empfohlen werden kann.

tere, einfachere Gattung von Schauspielen den
Zuschauer einst nicht so überraschend unterhalten
konnte, als es die neuere, vermöge ihrer ab=
wechselnden Scenen = Verwandlungen und ih=
rer opernmäßigen Erscheinungen, oft thut, die=
selbe dennoch von Wirkung war, daß sie sonst
geschmakvolle Anhänger fand, daß sie solche,
und an Ihnen vorzüglich noch findet, und
daß sie daher nicht verdient, ganz in Vergeß=
senheit zu kommen.

Ich habe mich nie überzeugen können, daß
es der dramatischen Kunst zuträglich, und für
die deutschen Bühnen vortheilhaft sey, den
Rhythmus im Drama gänzlich zu verwerfen,
und alle versificirten Trauerspiele ohne Unter=
schied von unsern Theatern zu verbannen. So
gründlich es auch bewiesen ist, daß das Ideal
des Drama wesentlich in der Prose liegt, und
so überzeugt ich selbst bin, daß das zur höch=
sten Illusion und Vollkommenheit gebrachte
Stück nicht in Versen wird geschrieben seyn:
so sehr zweifle ich doch, ob es der Prose eher
als dem Rhythmus gelingen werde, dieses
Ideal vollkommen zu erreichen.   Wenn es

das höchste Eigenthum der Kunst ist, die schöne Natur so treu als möglich darzustellen, so muß die Prose derselben freylich näher kommen, wie die Poesie; weil jene durchaus nicht gebunden ist, der Wahrheit des Ausdruckes in ihren kleinsten Nuancen zu folgen; und diese auch bey dem größten Versificateur gezwungen ist, dem Sylbenmaße, wenigstens dann und wann, durch eine nicht willkührliche Stellung der Worte zu huldigen. Aber eine so vollkommene Prose, welche eine ganz ununterbrochene Folge von Empfindungen durch die Rede so zu schildern wisse, daß jede ihren wahren Grad von Stärke, ihre gehörige Dauer, ihre richtige Nuance erhalte, und nirgends eine Lücke, einen Sprung verrathe, eine Prose, welche durch fünf Akte hindurch gleich schön, und gleich wahr, theatralisch schön und wahr wäre, — eine Prose, welche nie des Dichters eigne Schreibart und Manier erkennen ließe, kann der Kunstrichter vielleicht sich denken; aber wo ist der Dichter, der sie gegeben hat? Und wird hingegen der wahre Ausdruck gedehnt, weitschweifig, ungleich — der

schöne nur ein wenig gekünstelt, geschraubt,
oder poetisch, wo bleibt alsdann der Vorzug
des prosaischen Drama vor dem versificirten?
Und können wir wohl schon ein Stück in Prose
als Modell der Gattung aufstellen, das, frey
von diesen Fehlern, alle die Eigenschaften in
sich vereinigte, die man von der dramatischen
Prose fodert? Bis kein Mangel an solchen
Stücken mehr seyn wird, sollte man nicht lie-
ber die versificirten Trauerspiele, als eine Mit-
telgattung zwischen prosaischen Schauspielen und
der Oper, wieder auf der Bühne aufnehmen,
als sie förmlich verwerfen? Sollte uns (wie
Sie, mein Freund, es einst in einem Ihrer
Schreiben an mich bemerkten,) Ideal der
Kunst weniger ergötzen, als Kopie der Natur?
Ist nicht unter allen Sachen des Geschmackes
das Theater diejenige, auf welche Verabredung
und Convention den meisten Einfluß haben;
daher der ewige Streit der Gallomanen, An-
glomanen, und deutschen Original=Genien unter einander. Wenn (wie es ohnlängst ein
dramatischer Schriftsteller von bewährtem Ver-
dienste behauptet hat) wir Deutsche durch

Verzerrungen den Weg der wilden Phantasie gehen müssen, um endlich die einfachste
Form, (welche die beste ist,) fürs Trauerspiel
zu finden; unsre Bühne aber von diesem Ziele
noch entfernt ist, so ist es um so nöthiger, daß
wir endlich Versuche anderer Art anstellen, um
diese längst gewünschte Form zu finden, da die
Epoche der sogenannten Spektakel-Stücke ihrem Ende nahe zu seyn scheint.*) Was wird
aber alsdann wohl, bey dem Mangel an guten prosaischen Trauerspielen einfacher Art, an
derselben Stelle treten können, wenn alle Gat-
tungen von versificirten Dramen von der Bühne länger verbannt bleiben sollen? Was Lessing einst bey Gelegenheit der Versstücke in sei-

* 4

*) Man würde, gläub ich, in Shakespears erhabe-
nen Werken die edelste, der Natur des Schauspiels angemessenste Form haben finden können;
hätte man Lessings weisen Rath befolgt, und
anstatt den großen englischen Dichter copiren,
ängstlich nachahmen, benutzen, verpflanzen,
und gar stellenweis übertragen zu wollen, sich
blos an seinem Feuergeist erwärmt, seine poe-
tischen Schönheiten mehr studirt, und sein tie-
fes Eindringen in die Geheimnisse der mensch-
lichen Natur oft näher erforscht.

ner Dramaturgie äußerte, paßt auf gegenwär=
tiges Verhältniß noch). „ Die Franzosen —
„sagt er — waren ehedem so ekel, daß man ih=
„nen die prosaischen Stücke des Moliere, nach
„seinem Tode, in Verse bringen mußte; und
„noch itzt hören sie ein prosaisches Lustspiel als
„ein Ding an, das ein jeder von ihnen machen
„könnte. Den Engländer hingegen, würde
„eine gereimte Comödie aus dem Theater jagen.
„Nur die Deutschen sind hierin billiger, in=
„dem sie annehmen, was ihnen der Dichter
„vorsetzt. Was wär es auch — fährt Lessing
„fort — wenn sie itzt schon wählen und mu=
„stern wollten?„ Und dennoch hat man bisher
mehr verworfen, als ausgemustert; kein ver=
sificirtes Stück sollte mehr aufkommen dürfen;
und selbst Ihre vortrefliche Bearbeitungen der
Merope und Alzire sollten nicht mehr auf=
geführt werden. — Das tiradenreiche, mehr
in Erzählung als in Handlung gebrachte, in
kalten, erzwungenen Regeln beschränkte Trau=
erspiel der Franzosen mag allerdings die Haupt=
ursache seyn, warum der deutsche Geist keine
genugsame Unterhaltung, kein besonderes Ver=

gnügen darin finden konnte; und warum er so
bald nachher diese Gattung von Dramen gänz=
lich verwarf. Auch waren die meisten Ueber=
sezungen französischer Trauerspiele übel gera=
then, daher dann der Ekel an solchen Vorstel=
lungen bey dem deutschen Zuschauer nothwendig
erfolgen mußte. Hätten es einige unserer be=
sten, izt noch lebenden Dichter unterdessen
versucht, der deutschen Bühne einen, der thea=
tralischen Deklamation angemessenen, eigen=
thümlichen Rhythmus zuzuführen, und dadurch
die Gattung von versificirten Trauerspielen selbst
wieder in jene vorzügliche Rechte einzusetzen,
deren sie bey allen übrigen gebildeten Nationen
genießt, so würde man die häufigen billigen
Klagen der Kunstrichter über die eingerissene
Verderbniß im dramatischen, vorzüglich im
tragischen Geschmacke, nicht so öfters haben
bisher hören müssen; und die Prose im Trau=
erspiel würde vielleicht selbst dadurch schon längst
zu einem höhern Grade von Vollkommenheit
gebracht worden seyn. Denn zu allen Zeiten
hat (wie es die allgemeine Literaturgeschichte
zeigt) die poetische Sprache die vollkommene=

re Profe gebildet; und zu allen Zeiten, auf ältern und neuern Theatern auswärtiger Nationen, giengen die Schauspiele in gebundener Rede den brauchbaren profaischen Stücken vor. Gesetzt auch, die dramatische Profe sey bereits in Deutschland auf den höchsten Grad von Vollkommenheit gebracht, so wird es sich doch noch immerhin der Mühe lohnen, dem Rhythmus seine eigenthümliche Würde auf der Bühne wieder zu verstatten; weil man durch neuere, bessere Versuche versificirter Trauerspiele, leichter und zuverläßiger in den Stand wird gesetzt werden, endlich genau zu bestimmen, welche Form die wesentlich beste für das Trauerspiel sey; denn alles, was auch bisher die beredsamste und schärfeste Kritik für und wider den Rhythmus gesagt hat, scheint noch immer keine, auf genugsame Erfahrung gegründete, vollständige Theorie zu seyn. Es lassen sich über diesen Gegenstand dramatischer Kunst wohl nicht eher Grundsätze und Regeln bestimmt festsetzen, noch vielweniger der Rhythmus schon ganz ohne Unterschied verwerfen, bis man Dichter, Publikum und Schauspieler näher wird zu Rathe ge-

zogen, und sich von der Wirkung verschiedener
gut versificirter Stücke, in Parallele mit den
besten prosaischen Schauspielen, öfter wird überzeugt haben. Man hat die Bemerkung gemacht, und ich fand dieselbe während der Zeit,
als mir die Führung der hiesigen Bühne anver-
trauet ist, bestättigt, daß das Publikum, bey
der Vorstellung eines Schauspiels in gebundener Rede anhaltend aufmerksamer und feyerli-
cher, als gewöhnlich, gestimmt ist; der Grund
davon liegt wohl in der Natur des Rhythmus
selbst; *) und so wäre dann durch Wiedereinfüh-
rung des Rhythmus bey einer gewissen Gattung von theatralischen Vorstellungen schon vie-
les gewonnen. Nur kömmt alles auf die Aus-
wahl des richtigen Sylbenmaßes an; eines
Sylbenmaßes, welches den Schauspieler nicht
von selbst nöthigte, in Declamation, Geber-
den und Ausdruck strozend und unnatürlich zu

*) Home in seiner Kritik, in den Kapiteln vom
Großen und Erhabenen, und von den Schönheiten der Sprache, hat vortreflich erwiesen,
wie mächtig der Zauber der Sprach-Harmonie
und des Rhythmus auf die Seele des aufmerk-
samen Zuhörers wirke.

werden; und welches des Zuschauers Seele zugleich nicht in das Einerley der Empfindung
einwiegte; ein solches Sylbenmaß zu finden,
setzt mancherley Versuche voraus, welche auf
deutschen Bühnen noch nicht gemacht worden
sind. Bisher scheint der Jambe noch immer
die geschickteste Versart zwischen der ungleichen
Prose, und dem eintönig klingenden Reim-
Verse, dem Alexandriner, zu seyn. Wer je-
mals Nathan den Weisen von guten Schau-
spielern hat lesen gehört, der wird sich leicht von
dieser Wahrheit haben überzeugen können; *)
freylich müssen es Leßings Jamben seyn, wenn
ihre Harmonie so bezaubern, wirken soll. Indessen fühlt man sich auch gleich nicht im Stande, diesem vollkommenen Modell gleich zu kommen, so lohnt es doch immerhin der Mühe,
einen dramatischen Versuch in solchem einfach
schönen, harmonisch reinen, der theatralischen
Deklamation so angemessenen Sylbenmaße zu
wagen. So dacht ich, als ich mich entschloß,
den Mönch vom Carmel in Jamben zu bear-

---

*) Die Rede ist nicht, ob und wiefern dieses vor-
    treffliche Stück, vermöge seines Planes, auf der
    Bühne wirken könne oder nicht.

beiten. Das gründliche Urtheil, welches die allgemeine Litteratur = Zeitung ohnlängst über Cumberlands Carmelite gefället hat, bestimmte mich, von dem Plane des englischen Dichters in manchem abzuweichen, das tiradenreiche seines Stückes so viel möglich zu vermeiden, manche Scenen mehr vorzubereiten, und die Entwicklung rascher folgen zu lassen.

Was Lessing einst über den nützlichen Gebrauch der Prologen und Epilogen bey neuen Stücken, in seiner Dramaturgie gesagt hat, und was mir meine eigene Ueberzeugung, in Ansehung des Vortheils, eingab, welcher durch dergleichen Vorbereitungs = Reden jeder neuen Vorstellung zufließt, bestimmten mich, diesem Trauerspiel Prolog und Epilog bey= zufügen.

Die Wirkung, welche dieses Trauerspiel bey wiederholter Vorstellung hier und in Hamburg that, läßt mich hofen, daß ich den deutschen Bühnen kein unangenehmes Geschenk damit mache. Und Sie, verehrungswürdiger Mann! der Sie diesem meinem Versuche mit Ihrem Beyfalle bereits lohnten, sehen Sie

die Zueignung dieses Stückes als einen Beweis an, wie sehr ich Ihr thätiges Bestreben, die deutsche dramatische Kunst durch Ihre Beyträge zu veredeln, achte.

Mannheim, den isten October 1786.

Fhr. von Dalberg.

Prolog,

Prolog,

von

Demoiselle Witthöft gesprochen.

———

**

Darfs noch vor Euch in unſern Tagen,
Verehrungswürdige! die blöde Muſe wagen:
Wie einſt ſie in dem alten Griechenland erſchien,
Wie vor dem Britten, vor dem Franzmann kühn
Sie noch erſcheint, ſich im Kothurn zu zeigen?
Und muß ſie nicht dem Mode = Genie weichen,
Der von der Bühne ſie in Sturm und Drang verbannt?
Wird oft ihr mächtger Zauber nur erkannt,
Wenn Trommeln, Märſche, Schwert und
Schildgeklirre,
Turniere, Glocken, Donner, Blitz und
Schlachtgewirre,
Sie laut verkündigen — ſo hoft ſie doch,
Da ohne Prunk ſie kömmt, ſie werde noch

Hier Freunde, Schuß und Gönner finden!
Sie glaubt, sie brauche nicht mit rednerischen Gründen,
Euch zu beweisen, daß der Verseklang,
Durch den es ihr sonst oft gelang,
Harmonisch in die Herzen einzubringen;
Ihr wieder könne neuen Beyfall bringen,
Hier — wo Geschmack genährt
Durch edle Werke, *) deren seltnen Werth
Längst Deutschlands Urtheil anerkannte,
Und die mit Ehrfurcht man im Ausland nannte.

Doch — dieser Vorzug ist's, der unsre Bühne heut'
(Obgleich Ihr nachsichtsvoll in Eurem Urtheil seyd)
Verehrungswürdige! Verlegen —
Und schüchtern macht, weil wir Gefühle zu erregen
Durch Shakspears Geist heut unvermögend sind.

   *) Für die hiesige Bühne schrieben Gemmin-
     gen, Gotter, Thöring, Meyer, Schil-
     ler, Iffland und Beil.

Ein armer Rittermönch vom stürm'schen Wind
Geschleudert an die Küste, kömmt nach schweren Leiden
Mit Ahndungen von neuen Freuden
Aus Orient zurück ins Vaterland;
Und findet, was das Schicksal ihm entwandt,
Zum Preis für Heldenthaten, Freundschaft, Liebe;
Zugleich im seligsten der Herzenstriebe
Die Quelle neuer Leiden; — So das Bild,
Das wir in Farbenmischung sanft und mild,
Heut wagen auf der Bühne anzustellen. —
Läßt sichs zu Meisterwerken nicht gesellen?
Wenns als Versuch, als Skiz Euch nur gefällt,
So landen wir beglückter als der Held
Des Stückes, ohne Stürme in den Hafen,
Sind froh, daß wir den sichern Weg heut trafen,
Der ohne Sinne = Täuschung zu den Herzen führt. —
Hat Euch das Schicksal unsers Walloris gerührt,
Hat seine Tugend, seine Lieb' und Treue,
Euch eine Thrän' entlockt, habt ohne Reue

Ihr Melpomenens Tempel heut besucht,
So ist das Ziel, das zu erringen wir versucht,
Erreicht; dann wird der Musen Harmonie
Durch Rhythmus, der des Dichters Phantasie
Im kühnen Flug' nicht hemmt — von Euch geschätzt,
Durch Euch in seine Rechte wieder eingesetzt,
Verehrungswürdige!

Der

Der

Mönch vom Carmel.

Ein dramatisches Gedicht

in fünf Aufzügen.

Personen:

Graf Wallori: Mönch vom
                Carmel   =   =   =   Herr Iffland.

Hildebrand, Ritter = = = — Böck.

Dekoursi, Kreuzritter und Abgesandter
        des Königs Heinrich = — Beil.

Montgomeri,   =   = — Beck.

Gyffort,   =   = — Richter.

                  in Diensten der

Fiz = Allan,   Matilde = — Leonhard.

Raimond,   =   = — Pöschel.

Matilde   =   =   = Mad. Rennschüb.

Die Scene ist auf der Insel Wight.

Erster Aufzug.

(Ein altgothisches Burgschloß auf einem Felsen; Aussicht ins Meer. Tagesanbruch.)

Erster Auftritt.
Raimond und Fiz=Allan.
(begegnen sich.)

Raimond.

Du kömmst erwünscht, Allan! Was ist die Glocke?

Allan.

Sie kündigt längst schon Morgendämm'rung an.

Raimond.

Und noch hält schwarze Nacht der Sonne Licht
Verborgen. Schrecklich tobt das Meer am Fels;
Horch! wie der Sturmwind in den Klüften heult!

Die schreckenvolle Nacht ist Zauberwerk;
Es ist der Hexen Brautnacht — Komm, Allan!

Allan.

Der Wind braust minder schrecklich vom Gebirge
In's Thal; mich dünkt, die Wolken ziehen schon
Viel sanfter hin am Horizont. Es graut
Der Morgen; nicht so wonniglich als sonst,
Verkündigt er uns einen heitern Tag.
Es wird ein Thränentag — ich ahnd ihn schon.

Zweyter Auftritt.

Montgomeri. (kömmt eilends.) Die Vorigen.

Montgomeri.

Ha! Menschen hier! — o seyd Ihr Menschen? Sprecht!

Allan.

Was sonst?

Montgomeri.

Und Ihr verweilt unthätig hier,
Indeß die Menschheit Eurer Hilfe dort
Bedarf? Habt Ihr ein Herz? — der schroffe Fels
Hat mehr Gefühl; in Wellen ist mehr Trost,
Als unter Euch, zu finden. — Eben borst
Am Fels ein reich beladen Schiff, von dem
Der Sturm nur wenig Menschen an's Gestade,

Auf wilden Wogen, trieb; Sie landeten,
Fest an des Mastes Trümmern angeklammert;
Und die Bewohner dieser Insel — (o
Natur, fluch' ihnen!) die Barbaren stießen
Sie, von dem Ufer, in das Meer zurück!

Raimond.

Geleit' uns hin! wir folgen Dir. Laß uns,
Wofern sie noch zu retten sind, sie retten.

Montgomeri.

Umsonst! — Nur gegen Zwey war selbst das Meer
Mitleidiger, als die Bewohner hier.
Zwey sind gerettet. Einer ist ein Mönch
Vom Carmel, und der Andre scheint ein Ritter
Von edlem Stamme. Dort verließ ich sie
Längs dem Gehölze. Kommt, laßt uns sie her
In Sicherheit geleiten! Folgt mir nach!

(sie gehen ab.)

Dritter Auftritt.
Wallori und Hildebrand.
(kommen von einer andern Seite heraus.)

Wallori.

Laßt Euren Muth nicht sinken, Hildebrand!
Noch schimmert Hofnung uns von jener Burg

Entgegen! Seht, der hohen Thürme Gipfel
Hoch über jener Felsen Spitzen ragen.
Sie bieten uns ein Obdach an. Vielleicht
Daß eine mitleidvolle Seele sich
Dort finden läßt.

Hildebrand.

Auch ich erblicke dort
Am Felsen, dieser stolzen Thürme Gipfel;
Doch mangelt mir's an Kraft, sie zu erreichen.
Gelähmt hat Todesangst all' meine Glieder;
In Müdigkeit mein Wesen aufgelöst.
O laßt mich unter dieser alten Eiche
Den letzten Lebenshauch, in Fried' und Ruhe
Zum Himmel senden.

Wallort.

Ha! seyd Ihr ein Ritter?
Die Rüstung macht den Ritter, Muth den Mann!
Ihr wart doch einst in Schlachten, wo der Tod
Rings um Euch her die blut'ge Fahne schwang;
Ein Schild war Eurer Kindheit Wieg', und Furcht
Ergreift nun Eure Brust. Wenn Euch der Schrecken
So kraftlos macht, dann flieht! stürzt Euch zurück
Ins Meer, das Euch noch seinen Abgrund öfnet;
Nur sucht auf dieser Insel hier kein Grab.

Gefärbt von Heldenblut ist dieser Boden. —
Ihr wißt, daß König Heinrich Euch berufen,
Durch Euren Muth im Kampfe, den Verdacht
Des Meuchelmordes von Euch abzulehnen.
Euch ziemt es, Hildebrand, als Ritter, nur
Im Kampf zu fallen.

Hildebrand.

Wie? sind diese Worte
Des frommen Mönches Friedenslehren? Er
Der Rittern nur Vergebung pred'gen sollte!
Ich staune —

Wallori.

Staunet nicht! Von heil'gen Vätern;
Von Ordensstiftern ward, zur Wahrheitsstütze,
Einst Zweykampf eingesetzt. Der Frommheit ziemt's,
Dem Kampfgesetz das Wort zu sprechen. Folgt
Der strengsten Ritterspflicht! Seyd Mann! Wer
kömmt?*)
Setzt Euch zur Wehr! Die Wilden dieser Insel
Sind schon im Anzug, uns zu morden. — Seht,
Dort nahen sie!

A 4

*) Man sieht Montgomeri, Raimond und
Allan in der Ferne.

Vierter Auftritt.

Montgomeri. Allan. Raimond. Die Vorigen.

Allan.

Montgomeri! Komm! — Hier!
Hier, folg der graden Spur! Sie sind gefunden.

Wallori.

(tritt ihnen beherzt entgegen.)

Kommt an, Barbaren! Wollt Ihr Brüder morden?
Wir sind Normannen. — Mordet!

Montgomeri.

Ihr seyd Menschen —
Unglückliche! Genug, um diese Hand
Euch friedlich und mit Freundschaft darzureichen.
Wir sind —

Wallori.

Er ist's! Seht, dieser Jüngling hier
Hat uns gerettet! Dank —

Montgomeri.

Dem Himmel dankt,
Nicht mir, für Eure Rettung! Er ließ Euch,
Nur Euch allein, aus Eurem Schiff, ein Herz
Das Mitleid fühlt, an dieser Küste finden.
Ich bin erfreut —

Wallori.

Wo sind wir hier? Sagt an!

Montgomeri.

Erkennt Ihr nicht Britanniens Insel Wight?

Wallori.

Britanniens Insel Wight? — Willkommen uns!
Obschon zur Wildniß mir geworden. Ach!
Auf dieser sonst gastfreyen Insel, reich
An Gaben der Natur, genoß ich froh,
Als Jüngling, einst so mancher Wonnetage! —
Dein Name, Freund? — Wir wollen ihn mit Brunst
In unser tägliches Gebeth einschließen!

Montgomeri.

Montgomeri.

Wallori.

Gesegnet sey dein Name,
Montgomeri! Der Himmel schütze Dich;
Und wende gleiches Elend von Dir ab!
Sey glücklicher als wir, auf dieser Welt!
Ich kann Dir, außer dem Gebethe, sonst
Mit gar nichts lohnen.

Montgomeri.

Wer bist Du? Sag an!
Wer dieser, dessen Blick verborg'nen Gram
Entdeckt? Er scheint —

A 5

Hildebrand.

Ist ein von Glück und Hofnung
Verworfenes Geschöpf!

Wallori.

Von eblem Stamme!
Die Normandie sein Vaterland. Ihm blühten
Einst goldne Tage; — doch verschwunden ist
Sein Traum von künft'ger Seligkeit. Genug
Davon! — das Felsenufer schlug ihm Wunden;
Sie flehen euch um schnelle Heilung an! —
Wer ist Besitzer dieses Schlosses? Wer?

Montgomeri.

Ein' eble Frau; stammt aus der Normandie;
Ist Wittwe schon seit fünfzehn vollen Jahren.
Ihr dienen wir.

Wallori.

Eröfnet uns die Burg.
Wir stammen gleichfalls aus der Normandie;
Bedürfen ihrer Hilf' und ihres Beystands;
Sind kraftlos; haben viele Nächte durch
Geseufzt, um Speis' um Trank, um Schlaf; sind arm,
Entblößt, denn der gefräß'ge Schlund des Meeres
Verschlang in seine Tiefen Habe, Freunde.
Das Schicksal läßt uns nichts zurück; sonst nichts,

Als einen Strahl von Hofnung, der uns itzt
Von jener Burg entgegen schimmert. — Kommt!
Wir finden dort gewiß ein Herz voll Mitleid. —
Ihr schweigt?

Allan.

Euch Rettung, Heilung, Labsal, Trost
Zu reichen, heißt uns Menschenpflicht; — gebietet!
Die Pforten jenes Schlosses Euch zu öfnen,
Ist uns versagt.

Wallori.

Unmenschliches Verbot!

Allan.

Kein Fremdling darf sich diesen Pforten nähern.

Wallori.

Wir sind nicht Feinde; flehen nur um Hilfe.

Allan.

Und doch seyd Ihr nicht ausgenommen. Forscht
Nicht weiter nach; wir forschen nie, wir folgen
Ihr auf den Wink.

Wallori.

So legt uns an die Thore
Der ungastfreyen Burg; von deren Zinnen
Des Hungers dumpfes Klaggewimmer töne,

Bis wir erschlecht den Geist aufgeben. — Nein,
Nicht aus der Normandie. stammt dieses Weib!
Das Raubthier unsrer Wälder hat viel mehr
Gefühl, ist viel geselliger, als sie!

Montgomeri.

Nicht so von dieser lieben, edlen Frau!
Schlagt auf die Chronik Eurer Märtyrer,
Schlagt auf der Heiligen Legende! glaubt,
Ihr werdet keine Seel' an Tugend Glanz',
An Geistes Stärk', ihr ähnlich, keine finden!
Verleumdung muß vor ihrem Namen schweigen.

Wallori.

Ihr Nam'?

Montgomeri.

Ist Wallori.

Wallori.

(außer sich.)

Allmächt'ger Gott!

(er faßt sich.)

O Vorsicht! Menschenglück heißt deine Lenkung!
Und Wunder jedes deiner Werke. (zu Hildeb.) Ritter!
Ihr bebt? — Sucht euch zu fassen! denn bedenkt! —

(zu Montgomeri.)

Hat diese Wittwe keinen Sohn? —

Montgomeri.

Ihr Sohn
Ward ihr als Kind vom Tod entrissen. — Wie?
Ihr scheint bestürzt?

Wallori.

Vergieb, Montgomeri! —
Vergieb! — die Folgen meines Grams; ich schwärme.

(vor sich.)

Mein Sohn, der Letzte meines Stammes, todt!

Hildebrand.

Mein Herz! mein armes Herz! es bricht! laßt mich
Mein Grab mir zubereiten!

(er will abgehen.)

Wallori.

Bleibt! — Wohin?
Wirft dieser Unfall Euch so schnell zu Boden?
Ruft lebhaft jenes Bild vor Eure Seele!
Ein Weib, das Bild erhabner Duldung, das
Schon volle fünfzehn holder Jugend Jahre,
In trauervoller Einsamkeit, durchlebt;
Ein Weib —

Hildebrand.

Das Thränen noch vergießt, weil ich
Noch athme.

Wallori.

(heimlich zu Hildebrand.)

Schweigt! Ich bitt' Euch, schweigt! — (laut.)

O wenn
Ihr Herz an jenen Wunden itzt noch blutet,
Schlägt es gewiß für fremden Kummer auch.
Sie wird uns ihre Pforten öfnen, Freund!
Ein Engel flistert mir es zu: Sie hat
Für Männer, die dasselbe Vaterland,
Die Normandie, erzeugt, noch Trost.

Montgomeri.

Es wird
Der Himmel nicht, vor Eurem bittern Leiden,
Dies weiblich Herz verschließen. Nein! laßt mich
Ihr Herz bewegen. —

(er will abgehen.)

Wallori.

Lohn' Euch stets der Himmel
Für diesen Dienst!

Allan.

(zu Montgomeri, der abgehen will.)

Montgomeri, wohin?
Verlassen Deine graden Sinne Dich?
Du wagst es, Freund? Bedenk'!

Raimond.

Haſt Du vergeſſen,
Was ſie befahl? daß keiner ſonſt, als wir,
Sich ihrer Schwelle nähern darf! Wer wagts?

Montgomeri.

Ich wag's! — Montgomeri!

Raimond.

So weit geht nicht
Mein Frevel.

Allan.

Auch der meine nicht. Glück zu!
Mit Dir, Montgomeri, theil ich den Preis
Der Kühnheit nicht!

(Allan und Raimond gehen ab.)

Montgomeri.

Ihr, unbekannten Gäſte,
Verweilt indeſſen hier! Der Ort iſt ſicher.
Labt Eure Herzen mit dem Troſt: daß Euch
Bald Hilfe werden wird!

(er geht ab.)

Fünfter Auftritt.
Wallori. Hildebrand.

Wallori.

Starrt länger nicht
Mit ängstlich schauervollem Blick die Erde
So an! Erhebt zum Himmel Euer Auge!
Gedenkt des kühnen Jünglings, dessen Herz
Uns Rettung, neues Leben schaffen wird.

Hildebrand.

Bey'm Gram, der tief an meinem Herzen nagt,
Bey jener Reue, die mich niederbeugt,
Schwör ich's, und heb zum Himmel diese Hand
Empor: der Hungertod sey mir willkomm'ner,
Eh werfe man den Doggen dieser Burg
Mein hageres Geripp zum Nagen dar,
Als daß ich aus den Händen dieser Wittwe
Mein zweytes Leben hier empfange! Sie,
Die Gattinn eines Kämpfers, dessen Arm
Für's heil'ge Kreuz unüberwindlich focht;
Der, als aus dem gelobten Land zurück
Er in der liebevollen Gattin Armen
Den Lohn der Tapferkeit zu ärnten wähnte,
Am Pyrenäischen Gebirg' bey Nacht —

Wal.

Wallori.

Erschlagen ward? — Vertraut es mir nur an,
Der Hölle schrecklichstes Geheimniß! Sagt:
Der Mörder Wallori's heißt Hildebrand;
Nicht so? — Wohl ihm, dem Mörder! Er genießt
Vollauf der Habe des Erschlagenen.
Ihn fodert seine Gattinn auf zum Kampf,
Durch Schwertstreich ihrem Kämpfer zu beweisen:
Wie Ritter Hildebrand, kraft blut'gen Pfandbriefs,
Von ihres Gatten Habe rechtlich zeche!
Was fürchtet Ihr? Längst modert Wallori!
Wird er zum Kampf erwachen?

Hildebrand.

Möchte doch
Der Kampftrompete Schall ihn aus dem Grabe
Erwecken! — Ach! daß ich nicht Mörder hieß!
Gedanke, fleuch!

Wallori.

Ist Eurer Sünden Fleck,
Durch ew'ger Messen Stiftung, durch Geschenke
Zur Kirchen Zierde, durch das prächt'ge Grabmahl,
Zu dem mit eigner Hand Ihr Steine wälztet,
Von Eurem Herzen nicht schon abgewaschen?
Hat nicht von Eurer Seele, Priesterhand,

B

Den Mord längst abgenommen? Hat nicht Buße
Mit des Erschlag'nen Geist Euch ausgesöhnt?

Hildebrand.

Schwer über mir, schwer über meinem Hause,
Hing Gottes Hand seit fünfzehn Trauerjahren;
Fünf Söhne raubte plötzlich mir der Tod;
Und ihre Mutter — meine Gattinn — ach!
Sie fiel in Wahnsinn, Raserey. Sie selbst
Gab sich den Tod! — Mich, meines Stammes Letzten,
Verläßt der Himmel ohne kleinsten Trost;
Ohn' einen einz'gen Freund! Itzt schleudert er
Mich vollends, unter Sturm, an diese Thore,
Die sich vor meinem Klaggewimmer schließen.
Wer heißt Natur bey meinen Seufzern schweigen?
Lenkt dieser allgerechten Rache Werk
Bloß Zufall? Nein! verkennen kann ich nicht
In ihr die Strafe des erzürnten Himmels,
Die meiner Sünde harrt.

Wallori.

Verstockter Sünder!
Noch hält Verzweiflung Euern Geist in Nacht,
Indeß ein schwacher Strahl von Hofnung schimmert.
Schon lockt die Stimme der Befreyung sanft
Uns auf die Burg, und Euer Geist ist taub

Bey diesen Himmelstönen! Schon erblickt
Mein Auge sich die Pforten öfnen, um
Uns einen Sitz der Gastfreyheit zu zeigen.
Bald werden sich zu frohen Hochzeitsliedern
Die Klagen stimmen; und das Trauerkleid
Der Wittwe wird bald bunte Farben spielen!
O zweifelt nicht! Weissagung ist der Trost,
Den Euch durch mich der Himmel sendet. Seht,
Dort kömmt des Himmels Bote! seine Sendung
Ist Wink des Himmels.

Sechster Auftritt.

Montgomeri. Die Vorigen. Hernach Matilde.

Montgomeri.

Lieben Gäste, lebt!
Geneset! Euren Klagen öfnet sich
Der Wittwe Herz. Sie sendet mich hieher,
Als Euren Retter. Solche Seligkeit
Genoß ich nie! Mir schein' ich selbst ein Engel,
Gesandt: Erlösung, Freudigkeit und Trost,
In diese trauervolle Welt zu pflanzen.

Wallori.

Wie wunderbar lenkst du, mit milder Hand,
O Gott, dein blind Geschöpf, den Menschen, hin

Durch's Trauerthal, zum Sitz der Freud' und Ruhe.
Schwach ist das Wort des Dank's, das meine Lippen
Ohnmächtig dir zustammeln. Wirf mit Huld
Nur einen Blick in diese Seel'! Sie strömt
Von Dank, zu deinem Lob, Allmächt'ger, über! *)
Gieb Fassung mir, Allmächtiger, Sie ist's!
　　　　(er geht ihr entgegen.)

Hier, edle Frau, seht einen alten Mönch,
Der mühsam manche hundert Meilen, arm,
Durch Palästina's dürre Wüste zog;
Den Sturm, nebst diesem Ritter, an die Küste
Der Insel warf. Reicht Nahrung — gönnt uns Ruhe
Auf Eurer Burg, dem Sitz des Friedens, dort.

Matilde.
Seyd Ihr Normännschen Stammes?

Wallori.
　　　　　　　Ja, wir sind's
Hätt' uns nicht die Natur dazu bestimmt,
Dasselbe Vaterland mit Euch zu theilen,
Wir hätten doch durch Elend, Seufzer, itzt
Auf Euer mildes Herz gerechten Anspruch.
Es kann nicht minder menschenfreundlich schlagen,
Als jenes, dieses bidern Jünglings hier,

*) Matilde tritt ein; Ein Diener begleitet sie,

Der seine Hand uns hilfreich dargereicht; —
Zwey Eurer Diener stießen uns zurück.

Matilde.

Ehrwürd'ger Vater! was ein einsam Weib,
An Trost ganz arm, vermag, soll diesem Ritter
Und Euch, auf meiner Thränenburg, heut werden.
Gastfreyes Mahl, dann Salbung, Ruhe, Schlaf.
Montgomeri, geh hin! laß etwas Speise,
Das Beste, das wir haben, zubereiten. — *)
Vernehmt, ehrwürd'ger Mann! warum den Dienern
Ich jeden Frembling abzuweisen, streng
Befahl: Ein Ritter, Namens Hildebrand,
Mein Feind, soll heut' längs dieser Küste, segeln.
Ihr seyd doch etwa nicht von seinen Leuten?
Wohl nicht von seinen Freunden gar?

Hildebrand.

(vor sich.)
Mein Herz!
Mein Herz! — es bricht!   (zu Wallori.)
Laßt mich zu Füßen ihr
Hinstürzen! heulen!

Wallori.

(heimlich zu ihm.)
Nein! beym Himmel, nein!
Entfernet Euch und schweigt. — Ihr edle Frau,

B 3

*) Montgomeri geht ab.

Vergönnet, daß der Ritter, dessen Wunden
Verbluten, schnelle Heilung finde!

Matilde.

Ritter!
Folgt meinem Diener. *) — Nun ein Wort zu Euch
Ihr habt wohl viel im Sturm verlor'n, Mann Gottes?
Denn sicher kommt Ihr aus dem heil'gen Lande,
Mit Kirchenschätzen reich beladen?

Wallori.

Nein.
Was mir die Wellen heut verschlungen, ist
So unersetzlich nicht, als was ich einst
Verlor!

Matilde.

Und was das Schicksal mir geraubt,
Ist unersetzlicher, denn es hat mich
Mir selbst entrissen.

Wallori.

Ihr verlor't?

Matilde.

Verstand!
Ja, des Verstand's ward ich beraubt; noch oft
Befällt mich Wahnsinn. — Habt Geduld mit mir!

*) Hildebrand geht mit dem Diener ab.

Nicht Unempfindlichkeit und Menschenhaß
Verschließen Euch die Pforten dieser Burg.
Mein Herz sehnt sich nach Trost; mein Geist bedarf
Einsamer Ruh', um sich oft wieder selbst,
Im Labyrinth verworrener Gedanken,
Zum Trost zu finden. — Wenn gleich meine Burg
Verschlossen blieb, ward es mein Mitleid nie.

Wallori.
(vor sich.)

Es ist Matilde! — Gott! gieb Fassung mir!
Matilde! — Ganz ihr sanfter Ton, ihr Blick! —
Scheint gleich sein sterbend Feuer zu verlöschen,
Zerschmelzt er plötzlich doch dies schmachtend Herz.
Hinunter, armes Herz! gedulde dich'! .

Matilde.
Ihr scheint in heil'ges Selbstgespräch versunken.
Womit vermag ich Eurer Noth zu steuern?
Begehrt ohn' Umschweif!

Wallori.
(vor sich.)
                    Nein, ich brächte sie
Von Sinnen, wenn ich mich ihr itzt entdeckte!
(laut.) Der Kummer, der ganz meine Seele füllt,
Hat keine Worte, stumme Thränen nur,

Um meines Herzens Dankgefühl Euch hier
Schwach auszudrücken.

Matilde.

Thränen? Ha! Ihr weint!
Wenn Thränen Eure ganze Sprache sind,
So wollen wir, in dieser stummen Sprache,
Uns Tage lang, an einer stillen Quelle,
Die Leiden unsers Herzens klagen. — Mann!
Vom Himmel mir, zum Trost vielleicht, gesandt!
Gedenket meiner stets in Eurer Andacht;
Und bittet Gott: daß meine Sinne mich
Nie wieder ganz verlassen. Kommt! folgt mir
Zum Altar der Kapelle meiner Burg;
Dort segnet mich!

Wallori.

Ihr braucht den Segen nicht
Aus schwacher Menschen Händen zu erbitten:
Euch segnet jeder gute Geist vom Himmel;
Wie hättet Ihr so lange sonst die Last,
Die schwere Last des Lebens, tragen können!
Schon fünfzehn Jahre Wittwe! und noch Thränen?

Matilde.

Noch Thränen, ja! denn stündlich rückt die Zeit
Des so geliebten Gatten Bild mir näher.

Verjüngt schwebt es vor meiner Seel', obgleich
Ein Hügel kühler Erd' ihn längst schon deckt;
Ihn, den Gemahl, den ich so zärtlich liebte!

Wallori.

(Pause; unter der Er in Anschauung Ihrer sich
wie verliert.)

Ich sah Euch einst! —

Matilde.

Ihr mich? Wo? wann?

Wallori.

Es sind
Wohl zwanzig Jahre, als Euch Wallori
Mit Liebe, Hand und Herz am Altar reichte.
Holdlächelnd, wie der erste Tag des Frühlings,
Geschmückt im Brautkleid, standet Ihr, den Blick
Voll Unschuld auf den Bräutigam gerichtet,
Der Mädchen unsers Landes höchste Zierde,
Der Rose gleich! —

Matilde.

Entblättert nun, durch Sturm!

Wallori.

Ich staune, wie sich tief in Eure Wangen
Schmerz, Kummer eingegraben. — Euren Reiz
Umhüllet Gram, wie eine Wetterwolke
Der Sonne Licht. — Habt Ihr nie meine Stimme
Gehört?

B 5

Matilde.

Sie weckt vergang'ner Tage Leiden.
Mich däucht, oft hätten mich aus bangem Schlummer
Die Jammertöne dieser Stimm' erweckt;
Oft mich zu Thränen aufgefodert; oft
Hätt ich in Nacht, mich in Gespräch mit ihr
Vertieft, bis meine Diener um mich her,
Halbleise sich zuflisterten: „Matilde
„Hat diese Nacht durchwacht — hat mit sich selbst
„Gesprochen; weckt sie nicht! — sie scheint verrückt.„
(Pause.)
Ihr seyd gerührt? Laßt ab! laßt ab! ich bitt' Euch!
Verlaßt mich, frommer Mann! Ihr seyd ein Geist —
O starrt so schrecklich mich nicht an! — schont meiner!
Ich kenn Euch nicht; schont meiner Schwäche! Geht!
Verlaßt mich! — Nein, ich kenn Euch nicht!

Wallori.

Auch trug
Ich einst, an Eurem frohen Hochzeittage
Kein solch geweihtes Kirchenkleid; ich stand
Im Harnisch, wie's dem wackern Ritter ziemt,
Der muthig, unter dem Panier des Kreuzes,
Ins heil'ge Land zu ziehn, entschlossen war.
Da focht' ich lange Jahre kühn —

Matilde.

Ihr fochtet?
Und folgtet Ihr dem Kreuzzug König Williams?

Wallori.

Ich folgte; kam —

Matilde.

Laßt ab! Ihr bringt mich sonst
Von Sinnen!

Wallori.

Edle Frau, ich will Euch nicht
Erschüttern; Friede kehr' in Eure Seele
Zurück! Laßt meine Hand auf Eure Burg
Euch leiten. Kommt!

Matilde.

Ha! nähert euch nicht so! —
Der Blick ist Tod! Ich bitt Euch! — O laßt mich!
Der Mörder Wallori's ist unter Wegs;
Der blut'ge Hildebrand kreuzt auf dem Meere.
Blas't, Winde! thürmt Euch himmelan, ihr Wogen!
Ihr Wetterwolken, schleudert Blitz herab!
Zerschmettert sein verfluchtes Schiff am Fels!
Verschling ihn, ofner Schlund der See, den Mörder,
Nebst seiner Mordgesellen blut'gen Schaar! —

Du bringst zum Wahnsinn mich! Laß ab! O Mann,
Sag an, was dich hieher gebracht? — Wer bist Du?
　　　(Montgomeri und Gyffort kommen.)

Wallori.

Des Grafen Wallori vertraut'ster Freund
Sein Kriegsgeseil in blutgen Schlachten einst;
Sein Reis'gefährte durch das heilge Land; —

Siebenter Auftritt.

Montgomeri.　Gyffort.　Die Vorigen.

Matilde.

Montgomeri! bring mich auf meine Burg;
Reich Deine Hand zum Trost mir dar! Sey Du
Mein Retter, mein Verfechter! dieser Mann
Hat mein Gehirn verrückt; sein Wunderblick
Stellt meines Gatten Bild mir lebend dar.
Sein Ton weckt in der Seele Raserey!
Komm, guter Jüngling, unterstütze mich!
　　　(sie stützt sich auf ihn.)
Ach! ohne Dich, was wäre mir das Leben?
Du Einziger, noch würdig meine Ehre
Zu retten! Komm und rüste Dich zum Kampf!

Montgomeri.

(zu Wallori im Abgehn.)

Wozu habt Ihr die gute Frau gebracht?

So schrecklich schwärmte sie schon lang nicht mehr!

(er führt Matilden ab.)

Gyffort.

(will ihnen folgen.)

Wallori.

(hält ihn zurück.)

Ein Wort! —Ich staune! —Sag, wer ist der Jüngling?

Der so vertraut auf engem Freundschaftsfuß

Mit ihr zu stehen scheint? —Was ist er? — Sprich!

Gyffort.

Ein armer Hirtenknabe, den sie sich

An Sohnes Statt, mit seltner Sorg' erzog.

Wallori.

Wann starb ihr Sohn?

Gyffort.

Er starb als Kind. Indessen

Ich von Matilden in's gelobte Land,

Dem Tode meines Herren nachzuspähn,

Gesandt, nach sieben Jahren wiederkehrte,

Da fand, statt ihres Sohns, ich diesen Knaben;

Wallori.

Dem in dem mütterlichen Herzen sie
Des Sohnes Stelle zärtlich eingeräumt?

Gyffort.

Was er ihr war, ist mir erinnerlich —
Ihr Page sonst; ein häusliches Geschöpf.
Was er ihr nun geworden? ist uns Räthsel.
Nur er, obgleich ein unerfahrner Jüngling,
Nur er allein vermags, durch süßen Trost
Den Kummer ihrer Seele stets zu lindern.
Nicht treuer als wir Diener alle, doch —

Wallori.

Und doch? —

Gyffort.

Ihr werther, als wir andern, die
Wir für Matilden unser Leben ließen;
Bey Tag und Nacht bereit zu ihrem Dienste.

Wallori.

Ists möglich? — Sollte sie so tief herab,
Zu ihrem Diener sich erniedrigen?
Unmöglich! — Doch ihr Blick? ihr Blick? — O Gott!
Hast Du den Blick nach ihm bemerkt?

Gyffort.

Ich hab ihn. ··

Wallori.

Ein Zauberblick, der ihre Raserey
Sogleich geheilet. - Wie? Du schweigst? - Du seufzest?
Gieb Antwort!

Gyffort.

Guter Vater! forscht nicht nach
Verborgnen Dingen! seltsam spielt das Glück
Mit Menschen; oft stürzt es den Mächtigen,
Hebt oft den Niedern hoch empor, und bringt
Dann alles wieder ins Geleise. — Doch
Euch, so wie mir, wird kein solch Wunder werden.
Folgt mir aufs Schloß! Verschließt dort Aug und Ohr.
Merkt auf; doch, daß man ja nicht auf Euch merke,
Falls Euch dran liegt, das Räthsel aufzuklären!

Wallori.

(nachdem er die Burg mit ahndenden Blicken gemeß
sen, ergreift Gyfforts Hand, unter Seufzern.)
Das Schicksal dieser Wittwe geht mir nah!
Wie nah, erfährst Du heute noch von mir!
(sie gehen ab.)

Ende des ersten Aufzugs.

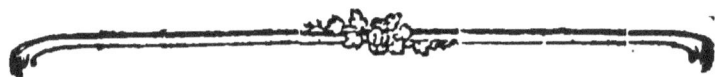

Zweyter Aufzug.

(Gemach in Matildens Burg.)

Erster Auftritt.

Wallori und Gyffort.

Gyffort.

Ich staune, wie die Zeit, vereint mit Sorgen,
Die stolzen Heldenzüge so entstellte!
Nein, ich vermag den alten, lieben Herrn
In Euch kaum zu erkennen. Mir ist's Traum!
Mich täuschen meine Sinne; — bester Herr,
Vergebt!

Wallori.

Erwache, Gyffort, aus dem Taumel
Des Schreckens! Glaube mir, ich bin kein Geist;
Ich bin Graf Wallori, Dein Herr! er selbst. —
Der Streich, durch den mich Hildebrand zur Erde
Gestreckt, ließ mich halb todt, im Blute schwimmend.

Die

Die Mörder hielten mich für wirklich todt!
Auch war's nach kurzer Frist um mich geschehn,
Hätt' eine Karawan' von Handelsleuten,
Die längs dem Pyrenäischen Gebirge
Nach Spanien zog, sich meiner nicht erbarmt.
Sie stillten meiner Wunden Blut, und brachten
Mich gastfrey in ihr Vaterland, wo ich,
Gepflegt durch sie, Genesung fand. Ein Schiff,
Das kurz darauf nach Schottland segelte,
Nahm freundschaftlich mich ein. Wir waren schon
Erfreut dem Hafen nah; hier überfielen
Uns Sarazenen-Räuber; unser Schiff,
Nebst dessen vollen Ladung, ward ihr Raub.
Sie führten uns als Sklaven mit sich weg.
Was, dreyzehn Monden lang, in schweren Fesseln
Ich hab ertragen müssen, wie darauf,
Mit List, ich meine Ketten selbst gelöst,
Dir zu erzählen, braucht's mehr Zeit und Muße.
Gyffort.
Wofür erscheint der tapfre Wallori
Als armer Mönch, im Friedenskleide, nun?
Wallori.
Kein sicherer Geleitsbrief konnte mich
Durchs Labyrinth so drohender Gefahren,

C

Von keines Menschen Aug erkannt, durchs Land
Der Feinde, bis zu meinem Burgschloß bringen;
Doch als ich diesen väterlichen Sitz,
So theuer mir! erreichte, fand ich ihn,
Von meinem Mörder Hildebrand, besetzt;
Fand meine treu'sten Diener um ihn her,
Die, ungesehen, über meinen Tod
Noch stille Thränen weinten. Höchst erzürnt,
Stand ich, ihn aufzufodern, im Begriff,
Als plötzlich ein Herold, von Heinrichs Hofe
Gesandt, erschien: um Ritter Hildebrand
Zum Zweykampf, gegen meiner Gattin Kämpfer,
Auf Schwertstreich auszufodern. Er erblaßte
Vor Furcht; war gänzlich außer aller Fassung;
Doch ohne seiner neu geraubten Habe
Verlust, durft er den ritterlichen Kampf
Nicht von sich lehnen. Traun, nimmt er ihn an;
Der Tag zur Abfahrt wird bestimmt ; und mir
Gewähret man die Bitt': ihn zu begleiten.
Beschlossen war's, vor meines Königs Throne,
Ihm, bey der Kampftrompete letzten Stoß,
Als Wallori mich darzustellen, um
Des feigen Mörders Seele ganz mit Schande,
Vor aller Augen, ewig zu bedecken.

Gyffort.

Wir reisen morgen ab nach Southampton;
Wo König Heinrich selbst das Kampfgericht,
Zugleich auch Ritterspiele hält.

Wallori.

So wird

Dann Wahrheit mit der Sonne morgen aufgeh'n,
Die schwarze Nacht der Zweifel zu verscheuchen!
Bis dahin, Gyffort, schließe mein Geheimniß
In Dein mir einst so treues Herz! Gieb Acht,
Mich nicht für den zu halten, der ich bin. —
Ha! Sieh, dort kommen sie! Gedulde Dich,
Mein Herz! noch ist's nicht Zeit!
Komm, Giffort! komm!

(sie gehen ab).

Zweyter Auftritt.

Matilde und Montgomeri.
(kommen von einer andern Seite).
In der Folge Gyffort.

Matilde.

„Freund meines Wallori?„ — Nannt' er sich selbst
Nicht so? — Ha! wenn der gute fromme Mann
Das wirklich war, dann bin ich allzustreng
Mit ihm verfahren! — Aber ach! warum

Hat er mir Abentheuer vorgebildet,
Die so mein kummervolles Herz zerrissen!
Die plötzlich mich um den Verstand gebracht!
Gieb künftig strenger auf mich acht, mein Freund!
Und leite meinen irrenden Verstand
Auf graden Weg!

Montgomeri.

   Auf Euch, o edle Frau,
Sey künftig Seel' und Aug gerichtet; Euch,
Nur Euch allein, sey ganz mein Dienst geweiht!

Matilde.

Ach, Jüngling! Deiner sanften Sprache Töne
Erheitern meine Seel', erwecken Freuden,
Zufriedenheit, in meinem Herzen wieder.
Schon folgen die Gedanken meinem Willen.
Hast Du nicht längst an mir bemerkt, mein Freund,
Wie dankbar ich stets Deiner Sorgfalt lohnte?
Ich war die Stütze Deiner zarten Kindheit;
Dein Knaben = Alter blühte unter meinen,
Zu Deiner Pflege stets geschäft'gen, Händen;
Durch meine Sorge, reift Dein muth'ges Herz
So hofnungsvoll.

Montgomeri.

   Wie sollt' ich es vergessen!

Matilde.

Vergiß es nie, daß ich den Keim zur Tugend
In Dir geweckt; daß seinen Wachsthum ich
Gepflegt; ich hoffe, bald die süßen Früchte
Der Pflege langer Jahre einzuärnten. —
Dein Herz ist bider; fein gebildet Dein
Verstand; reif ist Dein Muth zu kühnen Thaten;
Erfüllt durch Dich scheint meine ganze Hofnung.

Montgomeri.

Was ich geworden, edle Frau, ward ich
Durch Euch! Ein Mann, dem bey dem Worte Tugend
Das Herz in dieser Brust hochschlägt; der glüht
Beym Namen Tapferkeit.

Matilde.

     So hab ich Dich
Mir längst gewünscht. — Gekommen ist der Tag,
Nach einer Nacht von fünfzehn Trauer = Jahren,
Der frohe Tag des Rechtes und der Rache.
An König Heinrichs Hof, ist Hildebrand,
Nach Southampton, als Kämpfer ausgefodert;
Beweisen soll sein Schwert: ob falsch ich ihn,
Als Mörder meines Gatten, angeklagt.
Ist Keiner, der sich meinen Kämpfer nenne?
Der meiner guten Sache sich annehme?

Der seinen Handschuh in den Kampfkreis werfe?
Bin ich dann ganz vom Schicksal so verlassen?

Montgomeri.

Hier, edle Frau! seht, hier steht Euer Kämpfer!
Hier seht den, der sein Leben für Euch wagt,
Nennt ihn Montgomeri! Hätt' ich so lange
Als ein Geschöpf gelebt, das Ihr aus Noth
Und Armuth einst gerettet — Findelknabe!
Den Ihr an Kindes Statt einst aufgenommen,
Von Euch genährt, gebildet; ein Geschöpf
Ganz Euer Werk! — und jeder Tropfen Bluts
In mir sollt Euch nicht ganz verpfändet seyn?
Nicht jeder Pulsschlag sollte für Euch schlagen?

Matilde.

Vernimm! mir hab ich einen tapfern Kämpfer
Schon längstens ausersehn; doch halt ich ihn
Vor aller Menschen Augen noch verborgen.
Es ist ein wackrer, rüst'ger Jüngling! — Erbe
Des großen Wallori! rechtmäß'ger Erbe,

Montgomeri.

Wer anders, als sein Sohn, kann Dieser seyn!
Hätt' Euch der Himmel einen Sohn zum Trost
Geschenkt? — Ihr schweigt? —
Wo lebt er, dieser Sohn?
Warum verschweigt Ihr mir, daß noch ein Held

Von diesem edlen Stamme lebe? Sprecht,
Wo find ich ihn? — daß ich auf meinen Knien
Ihm meine Dienste darzubieten, eile!
Daß diese Hand ihm seine Rüstung reiche!
Daß ich als Schildknapp ihm zur Seite steh'!
Daß im Triumph ich seinen Namen rufe,
Wenn von des Vatermörders Blute noch
Sein siegend Schwert gefärbt, im Kampfkreis blitzt!
O sendet mich Ihm zu! daß Keiner sonst
Ihm Sieg zurufe — Keiner mit Ihm falle!

Matilde.
Du bist mein Sohn!

Montgomeri.
Ich, Euer Sohn? Ist's möglich
Ich Euer Sohn!

Matilde.
Du bist mein Sohn! für Dich
Allein hab ich gelebt! Längst wär ich dem
Ermordeten Gemahl in's Grab gefolgt;
Längst hätte diese Hand mein Herz durchbohrt,
Hätt' ein zufriedener Gedank' an Dich,
Ein holder Blick von Dir als Kind, den Arm,
Den Wahnsinn irre führte, nicht gefesselt!
Mein Schmerz ward Wahnsinn! — O vergieb, daß oft

Ich Deine Mutter zu ermorden, drohte!
Ich war —

Montgomeri.

Ach! schonet meiner, gute Mutter
Weckt nicht dies schauervolle Bild in Euch!

Matilde.

Du warst mein Schutzgeist, mein Erretter einst!
Es hätt' an einem Tage Raserey
Sich meiner Sinne fast bemeistert; ja,
Schon glühte mein Gehirn! durch Fantasie
In eine beßre Welt gelockt, bestieg
Ich kühn die höchste Zinne dieser Burg;
Stand auf dem Rande, mich ins Meer zu stürzen;
Ich schwankte schon den Wellen zu! — Mein Blick
Indem er starr die Tiefe mißt, zeigt mir
Dein Bild in eines Cherubs himmlischer
Gestalt. Ich sah Dich, Kind! am Fuß des Thurmes,
Wie froh, zum Strauße, Du mir Blumen pflücktest
Hold lächeltest, laut meinen Namen nanntest. —
Da streckt ich meine Arme Dir entgegen;
Blieb unbeweglich, starr, in Lüften schwebend;
Rief meine Sinne, rief Natur zu Hilf'!
Mich hörte sie, die gütige Natur!
Riß aus des Todes Rachen mich, und brachte

Mich in die Arme der Vernunft erfreut
Zurück! — Doch waren meine Leiden nicht
Gestillt.

Montgomeri.

Laßt ab, o Mutter! mir das Bild
Des Schreckens und des Wahnsinns auszumalen;
Es könnte mein Gehirn zerrütten! — Nein,
Nicht weiter!

Matilde.

Ach, mein Sohn, wie schrecklich ist's,
Verstand, des Himmels edelstes Geschenk,
Entbehren müssen! Noch genießt mein Herz
Des Friedens nicht; auch keiner sanften Ruhe;
Noch öfters schweif' ich aus! — Nur lange Zeit
Vermag die Wunden der Vernunft zu heilen.
Es fällt mir schwer, mit Ordnung, die Geschichte
All meiner Leiden vorzutragen. — Sohn!
Hab Mitleid; hab Geduld mit mir, mein Karl!
Ich will zu fassen mich bestreben, um
Dir ganz —

Montgomeri.

Geduld, sagt ihr? O Dulderinn!
Unschuldig Leidende! Du Mutterherz
Hör mich! Auf seinen Knien schwört es Dir

E 5

Dein Sohn, mit Thränen Deine Füße waschend —
Dir schwör ichs Mutter! jeden Reiz, den Freuden
Der Welt, den Wolluſt, Ueppigkeit darbieten,
Für dieſen wüſten Ort, in dem Du lebſt,
Froh zu vertauſchen! Meine Tage ſeyn
Nur Deiner Pflege künftig ganz geweiht!

Matilde.

Die Furcht vor Deines Vaters Mörder, der
Zugleich nach Deinem theuren Leben ſtrebte,
Ließ Dich in dieſer Einſamkeit, Dir ſelbſt
Ein Räthſel, bis zu dieſer Stunde ſeyn.
Selbſt Gyffort glaubt, Du ſeyſt ein Hirtenknabe;
Der Sohn des Mannes, dem ich Dich als Kind
Zur Pflege gab, die er ſo treu erfüllte.

Montgomeri.

Dir, Himmel! dank ich, daß Du mich erhalten,
Der Mutter Lieb' und Sorgen zu vergelten!

Matilde.

Die Hofnung, Dich im Glanz des Vaters Ruhme
Zu zeigen, war bisher mein einz'ger Troſt.
Gekommen endlich iſt der frohe Tag,
Mein Sohn! Dir einen Lorbeerkranz zu flechten;
Den Namen Wallori Dir zu erkämpfen,
Und Deines Helden = Vaters Mord zu rächen .

Montgomeri.

Die Worte wecken Löwenmuth in mir!
Laßt mich den edlen Namen Wallori,
Mit meinem Schwert ins Herz des Vatermörders,
Vor König Heinrichs Thron, eingraben! Mutter
Wann soll ich kämpfen? — Sprecht!
Leiht mir zum Kampfe!
Des Vaters Rüstung!

Matilde.

Sohn, gedulde Dich!
Verschließe nur noch einen Tag ins Herz
Den Anschlag, den ich Dir entdeckt; denn Ruhe
Und Sicherheit erfodern auf der Burg
Geheimniß! — Sey gesegnet mir, o Stunde!
In der ich Dich an's mütterliche Herz
Als Kämpfer drücken kann! Schützt ihn, ihr Engel! —
Wenn siegreich Du zurückkehrst, dann erschalle
Dieß öde Schloß von frohen Siegesliedern!
Wo außer Seufzern sonst nichts wiedertönte...
Wenn aber — ach! —

Montgomeri.

Nein, Mutter! sprecht das Wort
Nicht aus! Es regt sich meines Vaters Geist
In mir — er stählt mein Herz, macht diesen Arm
Unüberwindlich! Seine Stimme ruft:

„Mein Sohn! mein Karl,

„Dring kühn mit meinem Schwert

„Auf meinen Mörder! Stell das rothe Kreuz

„Auf meinem Harnisch, ihm entgegen! Glaube,

„Der Mörder wird durch Deinen Arm besiegt!

Matilde.

Dieß ist die Stimme Deines Vaters! Ha!

Sie spricht aus Deinem Munde! Horch! es ist

Sein blut'ger Geist, der so um Rache schreyt.

O schütze mich! Er naht sich mir im Glanze

Des Helden! *) — Ach! — durch meine finstre Seel'

Bricht seine Stimm'! — Er ists! sein Blick — er ists!

Komm an dieß Herz! mein Held! mein Wallori!

Gemahl!

(Sie stürzt an seinen Hals).

Gyffort.

(vor sich),

Gemahl? Unglückliche! — Gemahl!

Matilde.

Leg an die Rüstung! Nimm das blanke Schwert,

Nimm Schild und Lanze meines Wallori!

Die Lanz', mit der er einst den Grafen Horn,

Den höchstberühmten Kämpfer seiner Zeit,

Vom muthgen Rosse stach. In dieser Rüstung

*) Gyffort tritt ungesehen ein, und hält sich zurück.

Wird Schreck und Tod, im Kampfkreis
Dich verkünd'gen!

(Sie wird Gyffort gewahr, und erschrickt).

Ha! — Gyffort, Du bist dreist, so grade zu
In dies Gemach, ohn' meinen Wink, zu treten!

Gyffort.

Vergebt! — Ich wollt' ich wäre nicht gekommen. —
Es landet eben ein Herold, vom König
An Euch gesandt, in unserm Hafen an.

Matilde.

Vom König?

Gyffort.

Auch folgt ihm ein Abgesandter
Des Königs nach. Er ist ein edler Ritter. —
Die königliche Flagge seines Schiffes,
Weht schon dem Hafen zu.

Matilde.

Ist Dir sein Name
Bekannt?

Gyffort.

Dekourfi nannt' der Herold ihn.

Matilde.

Ein tapfrer Ritter; — unsre Normandie
Hat keinen edlern aufzuzeigen! Keinen,
Der enger noch mit unserm Haus' ein Band

Der Freundschaft je geknüpft. — Bereite Dich
Ihn zu empfangen; folge mir!
            (Sie und Montgomeri gehen ab).

Gyffort.

                            Folg ihr! —
Ja, folg ihr ins Verderben! — in dein Grab! —
Gemahl, nannt sie ihn! — Ha! verfluchtes Wort!
Das jedes Haar auf meinem grauen Haupte
Empor mir sträubt -- Gemahl? -- Nicht möglich! -- Nein!
Hätt Priesterweih' ihr Eheband gesegnet,
Hätt' sie am Altar ihm die Hand gereicht,
Wer hätte nicht auf dieser Burg schon längst
Das Räthsel aufgelös't! — Wie konnte wohl
So lange Zeit in dieser Einsamkeit,
Solch ein Geheimniß sich verbergen? Nein,
Das Laster nannte Dich Gemahl zum Spott!
Gab dir in schauerwoller Nacht den Namen!
O daß am Abend meiner Tage noch
Ich solchen Gräu'l erleben muß! — Verführer!

Dritter Auftritt.
Wallori kömmt eilends. Gyffort.
Wallori.
Sprich, Gyffort! Sprich! Reiß meine bange Seele
Aus ihrem Zweifel! -- Was entdecktest Du?

Ich weiß, Du haſt ſie eben überraſcht,
Als ſie vertraut mit ihrem Jüngling ſprach —
Verrieth ein Wort, ein Blick von ihr, mein Schickſal?
Iſt ſie noch meine treue Gattin? Sprich!

Gyffort.

Ich wollt' ich moderte in meinem Grab'!
Hätt' nie geſehen, was ich eben ſah!
Gehört nie, was ich eben hörte! — Ach!

Wallori.

Red ohne Furcht, und bleib der Wahrheit treu!

Gyffort.

Nicht um die Welt möcht ich zu dieſem allen,
Was ich vernommen, nur ein Wort zudichten;
Noch Euch die kleinſte Sylbe gar verhehlen!

Wallori.

Beweiſe mir, auf Treu und Seligkeit! —
Was von Matilden Du erfuhrſt. — Sag an!

Gyffort.
(reckt die Finger empor).

Wohlan — bey Gott! —

Wallori.

Kein Schwur! ich glaube Dir.

Gyffort.

Ich fand Matilden und Montgomeri,
Wie Beyde, Hand in Hand, und Herz an Herz,
Sich halsten.

Wallori.

Herz an Herz? Ha! Tod und Hölle!

Gyffort.

Sie lag in seinen Armen liebetrunken.
Ich sah's, wie schmachtend ihren Blick auf ihn
Geheftet, sie es sprach: „Komm an dieß Herz,
„Gemahl! mein Wallori! „ —

Wallori.

Bedenk', zu wem
Du's sprichst! Du lügst — es kostet Dich Dein Leben!

Gyffort

Wenn Wahrheit über eines Menschen Zunge
Noch kam, so red' ich Wahrheit.

Wallori.

Wahrheit? Ha!
Nun ist's am Tag'! es ist der letzte Strahl
Von sel'ger Hofnung plötzlich ganz verschwunden.

Gyffort.

Ach, gnäd'ger Herr, erlaubt! —

Wallori.

Wallori.

Genug! Kein Wort!

Gyffort.

Bedenkt mein graues Alter! meine Dienste —
Die treuen Dienste! — Herr, erlaubt ein Wort!

Wallori.

Kein Wort! Nein; wären's eines Engels Worte,
Sie brächten keinen Trost in meine Seele!
Verschlossen ist mein Herz der Freudigkeit!
Nur Ein Gefühl, nur Ein's noch regt sich hier —
Es ist entsetzlich! — doch, ich fluch' dir nicht,
Wenn gleich dem schwachen Menschen du nicht Kraft,
Nicht Sanftmuth und Geduld genug verleihst,
O Gott! um solche Leiden zu ertragen.

Gyffort.

Mich täuschten meine Sinne nicht; was ich
Gehört, gesehen, war nicht eitles Blendwerk.
Doch Ueberzeugung meiner Sinne reißt
Nicht den Verstand aus seinem Zweifel; nein,
Vermählt kann sie nicht seyn!

Wallori.
(heftig).

Du zweifelst noch,
Ob sie es sey? Wag solchen Zweifel nie

D

Zu athmen! Nein, Matilde ist vermählt!
Zur Leiche mach ich den, der sich erkühnt,
Des edlen Weibes Tugend so zu lästern!
Matilde nicht vermählt? O Gyffort, sprich!
Was that ich Dir zu leid, getreuer Gyffort!
Daß Du mit eigner Hand, mir alten, Dir
Geneigten Herrn, die letzte Hofnung raubst? —
Beweise mir, daß Du mir treu geblieben!
Noch einmal sprich, was Du geseh'n; sprich so,
Als stündest Du vor Gottes Angesicht!

Gyffort.
Ich sah Matilden in des Jünglings Armen.

Wallori.
In deiner scheußlichsten Gestalt, o Tod!
Bist du so schrecklich nicht, als hier das Bild
Der Sünde meines Weibes sich mir zeigt!

Gyffort.
Ach Herr! wofür mußt ich so lang noch leben!

Wallori.
Und ich? unglücklicher Gyffort! und ich?
Wozu entriß man mich des Mörders Hand?
Wozu ward ich von Sklavenketten jüngst
Befreyt? Wozu vom Sturm an dies Gestade,
Mit unsers Schiffes Trümmern, hingeschleudert?

Wozu fand ich ein neues Leben? Gar
Auf dieser Burg Gastfreyheit, Speise, Trank?
Wozu entbot die Hand mir Sicherheit
Und Trost, die itzt mein Herz durchbohrt? Wozu
Zeigt sich Matildens himmlische Gestalt,
Daß sie, im seligsten der Augenblicke,
Als ich sie an mein Herz zu drücken wähne,
Gleich eitlem Dunst aus meinen Armen schwinde?
Wozu der Wahn, nach Jahre langem Kummer,
Des Glückes Hafen froh erreicht zu haben,
Um neuen Leiden hier zu unterliegen?

Gyffort.

Ihr seyd nicht ganz vom Himmel noch verlassen!
Ihr, fandet einen treuen Diener hier
Zum Trost. Solch Glück kann mir verlaff'nem Manne,
Der ich am Rand des Grabes rastlos seufze,
Nie werden, wenn ich Euch, den besten Herrn,
Zum zweytenmal verlieren sollte! — Nein,
Der Himmel friste lang noch Eure Tage!

Wallori.

Ja, leben — leben will ich, treuer Gyffort!
Will diese Mönchstracht heute von mir werfen,
Um ganz im Glanze ritterlicher Rüstung,
Mit meinem Rachschwert, unter sie zu treten!

Dieß ist des Ritters Pflicht, der einst zu Gott
Für Wahrheit, auf das heil'ge Kreuz, geschworen;
Der Jahre lang, für reine Tugend focht.
Hinweg mit eiteln Klagen! weg mit Seufzern!
Matilde hat der Tugend Schwur gebrochen.
Nur Rache, Fall der Sünde, sey mein Ziel! —
Sag an! wird morgen nach des Königs Hofe,
Wie es beschlossen war, Matilde zieh'n?

Gyffort.

Auf Morgen bleibt der Tag der Abfahrt noch
Bestimmt. Des Königs Abgesandten Ankunft
Vermöchte wohl die Reise zu beschleun'gen,
Dekoursi langt itzt eben an, und bringt,
Nebst einem gnäd'gen Gruß des Königs, an
Matilden den Befehl: den Kämpfer, so
Sie sich erseh'n, vor's Kampfgericht zu fodern.

Wallori.

Dekoursi, sagst Du, nenne sich der Ritter? —
Es ist der Name meines Busenfreundes;
Des edeln, tapfern Ritters Name, der
Einst seiner Jugend Freuden mit mir theilte.
Durch gleichen Muth verbunden, trugen wir
Dasselbe Zeichen auf dem Schilde. — Wenn's
Dekoursi wär'! — Du kämst gelegen, Freund! —

Denkst Du noch jener stolzen Rüstung, Gyffort,
In der ich einst den Grafen Horn erschlug?
Matilden ließ ich dieses theure Pfand
Zurück. Denkst Du der Rüstung noch?

Gyffort.

Ich denk'
Es wohl, wie dieser edeln Rüstung Glanz
Im Kampfkreis aller Augen blendete;
Wie von des Helmes stolzem Federbusche,
Ihr uns von ferne den erkämpften Sieg
Verkündigtet.

Wallori.

Wird diese Rüstung noch
Von meiner Gattinn wohl verwahrt? geschätzt?
Ich band ihr diese Sorg' auf ihre Seele.

Gyffort
Jüngst sah ich sie in ihren Händen noch.

Wallori.
Erwünscht! denn dieses ist die Rüstung, die
Als Wallori, mich morgen zeigen soll

Gyffort.
Zu spät! zu spät! Matilde schenkte sie
So eben ihrem jungen Kämpfer, dem

Montgomeri; daß durch erborgten Glanz,
Gleich einem aufgeschmückten Phaeton,
Er in dem Kampfplatz aller Augen blende. —
So rechten Lieb' und Eitelkeit noch nie
Dem Jüngling, ganz in Waffen unerfahren,
Des unterm Helm ergrauten Helden Zierde!
Besonders ist die Inschrift auf dem Schilde;
Mit eigner Hand Matildens in den Stahl
Geätzt, umfaßt ein Lorbeerkranz die Worte:
„Ein anderer, und doch derselbe Held!„

Wallori.

Zu viel! zu viel! Laß ab, Du tödtest mich! —
Ihr Herz, sonst meiner reinsten Liebe Thron,
Mit meiner Rüstung mir zugleich zu rauben!
Bey Gott! sie sollen nicht des Löwen Beute,
Eh sie den Löwen noch gefället, theilen.
Erhabne Tugend, in des Weibes Seele —
Was bist du? Schatten, Blendwerk, gleich dem Reize
Auf ihren Wangen! leichte Blühte, die
Der kleinste Sturm verweht. Des Weibes Schmerz,
Und ihre Thränen an des Gatten Sarge,
Was sind sie? Eitelkeit! verborgne Schlingen,
In die durch Mitleid sie dir Liebe locken.
Heut hüllt sich in das schwarze Trauerkleid

Die Wittwe ein, die schwarze Farbe schwindet
Durch ein Paar Thränen, und das Trauerkleid
Spielt morgen bunte, hochzeitliche Farbe. —
Matilde! hab ich das um dich verdient!
Dein Wallori, dir treu seit zwanzig Jahren;
Besorgt, den schwachen Lebens • Rest für dich
Allein nur zu erhalten! — Ja, Matilde!
Dein Held, Gemahl, dein Wallori ist hier!
Er lebt, zur Liebe, nicht, zur Rache nur!
Komm, Gyffort! Komm, laß uns auf Rache sinnen!

(sie gehen ab.)

Ende des zweyten Aufzugs.

Dritter Aufzug.

Erster Auftritt.

Wallori und Hildebrand.

(von entgegen gesetzten Seiten eintretend.)

Hildebrand.

Erwünscht, daß ich Euch endlich wieder treffe!
Ihr meidet mich, ehrwürd'ger Vater — nein!
Verlaßt mich nicht! Ein so vom Himmel und
Vom Schicksal ganz verworfenes Geschöpf! —
Wollt Ihr, daß ich dem Kummer unterliege?
An Eurer Seite find ich nur noch Trost;
O guter frommer Mann! verstoßt nicht mich!

Wallori.

Ihr wollt der Ruhe, deren Ihr bedürft,
Und einer Stunde Schlaf, Euch überlassen.

Hildebrand.

Entflohen ist der Schlaf von meinem Auge;
Geraubt der Balsam meiner Seele, der
Mir meines Herzens Wunden heilen könnte.
Der sanfte Schlummer naht sich mir nicht mehr,
Ohn' daß ihn Schrecken, Todesangst begleiten;
Ohn' daß ein hageres Gespenst sich mir,
In Wallori's Gestalt, noch blutend zeige;
Ohn' daß es rufe: „Mörder Hildebrand!
Erwache!„ — Jedes Haar auf meinem Haupte
Sträubt sich empor! ich bebe! Todesschweis
Befeuchtet meine Stirn, in Thränen schwimmt
Mein Lager.

Wallori.

Was Ihr mir entdeckt, ist Spiel
Der Fantasie! Wie? Sollte das Gewissen,
Das fünfzehn Jahre lang in Euch erstummte;
Zur lauten Stimme plötzlich nun erwachen,
Um Euer Herz mit Reue zu erfüllen?
Ich traf Euch jüngst in schwelgerischem Taumel,
Als in der Wollust Armen Ihr vollauf
Von Eurer blut'gen Hände Beute zechtet.
Die Burg erfüllte frohes Jauchzen bey
Gefüllten Bechern; Eure Stimme drang

D 5

Bey Mahlen, unter Euren Schwelggesellen,
Am lautesten hervor. Schwieg das Gewissen
Bey diesen Festen? Schwieg's?

Hildebrand.

Es schlummerte.

Mit Gierde trank ich aus der Wollust Becher,
Und schlürfte Reu' in jedem Tropfen ein.
Ihr kamt, saht uns, und meine Reue ward
Zur lauten Stimme. Dieser Zauberblick —
Den eben wieder Ihr so auf mich richtet —
Fuhr schneller als der Blitz durch meine Seele,
Und weckte das Gefühl der Sünd' und Reue. —
Beschämt, mein Herz Euch offen, hin in Staub.
Gebeugt, bekenn' ich Euch hier Dinge, die
Noch keines Menschen Ohr von mir vernommen
So, wie Ihr vor mir steht, im Kirchenkleide,
Ein Heil'ger, der dem Sünder Trost zulächelt,
So dünkt mich, stehe Wallori vor mir
In ritterlicher Rüstung — fodre mich
Zum Zweykampf auf.

Wallori.

Geht, stärket Eures Körpers
Erschöpfte Kraft durch Speis' und Ruh, daß Ihr
Von dieser kranken Fantasie geneset.

Hildebrand.

Eh zehre Hungertod mich auf, als daß
Ich aus der Wittwe Hand Almosenbrod
Empfange! Sie, der ich mit blut'ger Hand
Den Trauerschleyer reichte! — Fern sey Schlaf!
Er weckt nur neue Schreckenbilder: denn
Mir kam es eben vor, als trieben mich
Die Wellen, schäumend noch vom Sturm, ans Ufer.
Dort standet Ihr, und strecktet Euren Arm
Zu meiner Rettung mir entgegen; mild
War Euer Blick; erlösend Eure Stimme:
Sie fachte das in mir erloschne Feuer
Der Seele wieder an; mit neuem Muthe
Durchschnitt ich kühn die aufgethürmten Wogen;
Dem Felsen nah, ergrifft Ihr mich, rißt mich
Ans Ufer, wo von Freude trunken, ich
Um Euren Hals Euch fiel. Zurück! zurück,
Verwegner! donnert' Eure Stimme mir
Ergrimmt entgegen; schrecklicher rief sie:
„Flieh Mörder! Ich bin Ritter Walleri!„ —
Im Harnisch vor mir stand hier das Gespenst —
„Hinunter!„ schrie's; und stieß vom Felsen, mich
Der Hölle Abgrund zu!

Wallori.
Des eiteln Traumes!

Hildebrand.

Kein Traum! das Schreckbild riß vom Lager mich
Verzweifelt auf! im Taumel schwankt ich hin,
Den Pforten des Gemaches zu, um mein
Gehirn dran zu zerschmettern. Merkt wohl auf!
Die Pforten sprangen aus den Angeln, und
Ein Altar stellt sich hellerleuchtet dar,
Mit Wappen und Trophäen Wallori's
Geziert: des Kreuzes Fahne wehte sanft
Um seinen Sarg; zu lesen war die Aufschrift:
„Erflehe Seligkeit, o frommer Christ!
„Für des erschlagnen, edeln Ritters Seele! „
Auf meine Kniee warf ich mich zur Erde,
Ein Strom von Thränen stürzt' aus meinen Augen,
Ich stammle Worte des Gebets, und die
Gestalt der Wittwe Wallori's erscheint
Mit trauervollem Blicke mir, gestützt
Schien' sie auf jenes Jünglings Arm, der uns
Das Leben heut gerettet.

Wallori.
Sagt! verließt
Ihr sie, ohn' ihre Stimme zu vernehmen?

Hildebrand.

Sie sprach kein Wort.

Wallori.

(schnell einfallend.)

Ihr Blick? was sagte der?
Ihr habt ihn doch bemerkt? Auf welche Weise
Entließ sie Euch? Bestürzt? In Eile?

Hildebrand.

Nein;
Mit edelm Anstand, und mit Sanftmuth gab
Sie mir ein Zeichen, diesen Ort zu fliehen.
Sie hatte liebevoll des Jünglings Hand
Gefaßt —

Wallori.

Kein Wort mehr, Hildebrand! Ha! schweigt,
Wenn Ihr noch Trost von mir verlangt!

(Man hört einen Trompetenstoß.)

Hildebrand.

Was mag
Uns die Trompete wohl verkündigen?

Wallori.

Es ist das Zeichen, das zum Zweykampf ruft.
Hinweg mit eitler Furcht, die Euren Muth
Gefeßelt hält!

Hildebrand.

Wem schallt wohl die Trompete?

Wallori.

Es ist die Todtenglocke, die dem Mörder,
Wohl gar, wenn es das Schicksal will, dem Rächer
Des Ritter Wallori's, zum Kampfe schlägt.
Es ist der Ruf zum Sieg für den Gerechten.

Hildebrand.

Zu viel! laßt ab! Ach meine Seel' erliegt!
Verzweiflung, Reue rauben mir den Muth.
Hab ich mich Euch zum Mörder nicht bekannt?
Darf ich noch kämpfen?

Wallori.

Schweigt! Ihr wißt ja nicht
Was Ihr im Wahnsinn mir bekanntet! Geht
In Euer Schlafgemach zurück; werft Euch
Zur Erde nieder; bittet Gott, daß er
Vom Himmel eine Stunde Ruh' Euch sende.
Ich folg' und bring Euch Trost. — Kein Wort! hinweg!
O glaubt, die Abentheuer schwangre Zeit,
Wird Wunder uns gebären. Hildebrand,
Ermannet Euch! macht Euch gefaßt auf Dinge,
Die selbst des Helden Muth erschüttern könnten.

(Sie gehen ab.)

Zweyter Auftritt,

Matilde. Dekourſi. Montgomeri.
unter Matildens Gefolge.

(Matilde und Dekourſi kommen von entgegengeſeßten
Seiten.)

Matilde.

Willkommen, edler Ritter! was führt Euch
Zu meiner Einſamkeit? Wollt Ihr vielleicht
Den Kummer meiner finſtern Seele ſtillen?
Kommt ihr, in meinem Herzen Troſt zu wecken?
Wohl gar, durch frohe Botſchaft, die Burg
Zum Siß der Freuden umzuſchaffen? Ach,
Umſonſt! — Ihr wißt —

Dekourſi.

Ich weiß; ich komme nicht
Als Tröſter. König Heinrich, mein Gebieter,
Läßt ſeiner königlichen Huld und Gnade,
Nicht als Monarch, als Vater, der Euch liebt,
Durch mich Euch feyerlichſt verſichern; auch
Gab er mir den Befehl: Euch im Vertrau'n,
Noch eh den Kampf ihr unternähmt, zu warnen:
Ihr möchtet, ohne förmlichen Beweis,
Daß Hildebrand einſt Wallori gemordet,
Nicht Euern Kämpfer in den Kampfkreis ſenden.—
Bedenkt! ſchon fünfzehn Jahre ſind verſtrichen,

Ohn' daß ihr Eure Klage vor Gericht
Gestellt. Was weckt so plötzlich Eure Rache?
Verdacht, Verläumdung haben Hildebrand
Vielleicht zum Mörder Eures Wallori
Gemacht; und Ihr stellt ihn, vielleicht bloß aus
Verdacht, als Mörder dar! Wagt gegen ihn
Nicht eine solche Klag', eh noch Ihr ihn
Nicht mit Gewißheit Mörder nennen könnt.
Ohn dieß, wird Eure Klage bald verjährt.

Matilde.

Verjährt? wird auch Gerechtigkeit verjährt?
Wenn gleich das Laster oft im Labyrinthe
Verworrener Gesetze sich verbirgt,
Bleibt doch dem Auge der Gerechtigkeit
Verbrechen nie verborgen. Hunderte
Von Jahren können nicht die Farbe des
Durch Mörderhand vergoßnen Bluts verlöschen.
Mit lauter Stimme rief ichs: „Hildebrand
Ist meines vielgeliebten Gatten Mörder!„ —
Und König Williams Ohr blieb, beym Geschrey
Um Rache, taub. Er selbst sprach Hildebrand
Das Wort! Was sonst, als schweigen, weinen, blieb
Mir so bedrängten Wittwe noch? Ich floh
Mein Burgschloß, um in dieser wüsten Insel,

Den

Den Gatten hier im Stillen zu beweinen.
In meiner Einsamkeit gebar der Schmerz,
Des Trosts beraubt, durch Schattenbilder, Furcht
Und Angst genährt, in irrer Fantasie,
Das Schreckniß der Natur, den Wahnsinn mir.
Dekoursi! Freund! Der Himmel stärk euch stets,
Daß Ihr bey graden unverrückten Sinnen,
Der Menschheit schwere Leiden tragen könnt!
(sie weint.)

Dekoursi.

Betrübter Ueberrest des tapfern, edeln,
Des besten Mannes! Glaubt, ich komme nicht
Um Eurer Seele festesten Entschluß
Zu rauben; nein, fern sey's, wenn Eure Klage
Auf Wahrheit sichern Gründen ruht, daß ich
Durch Zweifel, Euren Vorsatz irre leite
Als Freund der Menschheit läßt Euch Heinrich warnen,
Ohn' Ueberzeugung Euren Kämpfer nicht
Zum Kampf zu senden. Als gerechter König
Verspricht er Eures Kämpfers Waffen Schutz.

Matilde.

Ich bin erhört! Dank sey's dem güt'gen König!
Dem höchstgerechten Heinrich! Gott verleih'
Ihm lange, frohe Tage für die Wohlthat,

E

Und überschütte sein gesalbtes Haupt
Mit Segen! — Sehen sollt Ihr ihn, Dekourß,
Den Kämpfer, meinen tapfern holden Jungen;
Gleich Jeſſe's Sohn, in Waffen unerfahren,
Wird er den mächt'gen Feind zur Erde ſtrecken!
Montgomeri, mein Held! Komm, tritt hervor!

Montgomeri.
(tritt aus dem Gefolge hervor.)

Dekourſi.
(nach einer Pauſe von Verwunderung.)
Iſt dieſer Euer Kämpfer?

Matilde.
Ja, er iſt
Mein Ritter! denkt Ihr etwa, ſeine Hand
Sey noch zu ſchwach, das Kampfſchwert zu regieren?
Des Jünglings ſchwächre Kraft wird Rieſenſtärke,
Wenn für Gerechtigkeit und Wahrheit ihn
Sein Muth in Kampfkreis lockt.

Dekourſi.
Gebt ſeinen Stand
Und Namen an! Ihr wißt das Kampfgeſetz:
„Der Edle darf nur mit dem Edlen kämpfen!„
Sonſt wag er's nicht, ſich gegen Hildebrand

Zu stellen! Hildebrand steht längst im Rufe,
Daß manchen tapfern Ritter er erlegt.

Matilde.

Unvorbereitet zum Beweis, stell' ich
Dem königlichen Throne mich nicht dar.
Ich weiß, was Ehre, weiß, was Rittersitte
Von mir und meinem Kämpfer heischen;
Weiß auch —

Dekourst.

Daß Euer Leben in Gefahr,
Daß es um Euren Stand und Ehre gilt,
Falls Ihr nicht klar beweist —

Matilde.

Ich nehme die
Gefahr auf mich.

Dekoursi.

In welchen Schlachten, Jüngling!
Bey welchem Kampfgericht, hast Du die Lanze
Das Schwert regiert?

Montgomeri.

Unglücklich war das Feld,
Auf dem ich einst mein Schwert für Robert zog —
Für Robert, meinen wackern Lehenherrn,

E 2

Dekourst.

Haſt Du Dich in den Waffen zum Turnier geübt?

Montgomeri.

Gebrochen hab' ich keine Lanze zwar,
Hab nie mein Schwert in Schranken noch entblößt,
Und hoffe doch, daß mirs gelingen ſoll,
Im Herzen Hildebrands den erſten Stahl
Zu brechen; hoffe feſt, mein Schwert Euch morgen,
Von des verruchten Mörders Blute dampfend,
Zu zeigen.

Matilde.

Dünkts Euch nicht, es ſpräch ein Held
Aus dieſes ſtolzen Jünglings Munde? Was
Kann gegen ſeinen Muth noch Zweifel wecken?
(Pauſe.)

Dekourſi.

Erlaubt, Matilde, daß ich insgeheim,
Nur wenig Worte zu Euch ſprechen darf.

Matilde.

(zu dem Gefolge, und Montgomeri.)
Laßt uns allein! *) — Wohlan, ich bin ganz Ohr,
Ihr könnt vertraut zu meinem Herzen reden;
Denn Tapferkeit und Menſchenliebe thronen

*) Sie gehen ab.

In Euerm Herzen! Freundschaft leitete
Stets Eure Zunge; sprecht!

Dekoursi.

Ich machte mich
Der guten Meynung, die Ihr von mir habt
Unwürdig, edle Frau! wenn Mistraun Euch
Mein bittres Herz verschlöße. Zu der Zeit
Als Ihr einst Euern Wallori verlort,
Verlor ich auch zugleich den besten Freund.
Auf diesen Freund war ich einst stolz; er nahm
Mein Herz mit sich ins Grab, zugleich die Freude
Des Lebens.

Matilde.

Der Verlust, den wir erlitten,
Traf unsre Herzen aufs empfindlichste!
Denkt Ihr des Thränentages noch, an dem
Mein Wallori, nach jenem schweren Kampfe,
Den er mit Freundschaft und mit Liebe kämpfte,
Den letzten Abschiedskuß mir gab? Er rief
Euch auf zum Zeugen, daß Religion
Und Ritterpflicht ins heil'ge Land ihn riefen.
Hier floß aus Euerm Munde Trost, indem
Ihr meinem Wallori Euch feyerlich
Verbandet: ihm ins heil'ge Land zu folgen;

E 3

Als Freund an seiner Seite stets zu kämpfen.
Der Abschied war der edelste Triumph
Der Freundschaft und der Liebe! — Wallori
Faßt' Eure Hand, stürzt' unter Thränen ab,
Nachdem er seufzend einen Blick nach mir
Geworfen. Ach! es war sein letzter Blick! —
Ich habe keinen mehr von ihm zu hoffen!

Dekoursi.

Ihr wißt, ich wär' ihm gleich gefolgt, hätt' er,
Zur Probe meiner ihm geschwornen Freundschaft,
Nicht Eure Schönheit, Eure Tugend mir,
Zum Schutz vor Lasters Schlingen, anvertraut.
Gleich Euerm Bruder schätz' und lieb' ich Euch;
Bis König William mich ins heilge Land
Berief, wo ich zur Seite Walloris
So manchen Sieg erfocht. — Euch war ich einst
Ergeben, edle Frau! noch ist mein Herz
Euch zugethan. Gebietet über mich! —
Es scheint, als wolltet Ihr mich itzt verkennen,

Matilde.

Ich zweifle nicht an der Ergebenheit,
Von der Ihr mir so manche Probe gabt.
Erklärt mir gradezu, was den Verdacht
In Euch erweckt. Fern sey Verschlossenheit!

Dekourst.

Besorgt, wie's Pflicht der
Freundschaft heischt, die Wahl
Des Kämpfers, den Ihr Euch ersehn, sey nicht
Die beste, sandt ich meinen Pagen, um,
Falls Euren Kämpfer er nicht wehrhaft fände,
Euch meinen Arm zu Diensten anzubieten;
Ihr schlugt ihn aus, gabt vor: Euch stände schon
Ein unbekannter Ritter zu Gebot. —
Vergebens sann ich, wer der Ritter sey;
Und nun —

Matilde.

Und nun seht Ihr den Jüngling, der
In Waffen ungeübt, es wagen soll,
Mit seines Armes noch unreifer Kraft,
Des rüstgen Mannes Stärke kühn zu trotzen.
Ich les' in Eurer Seele den Gedanken.

Dekourst.

So habt Ihr den verborgensten Gedanken
In meiner Seel' erforscht! Glaubt nicht, Matilde,
Daß die Natur verschwendrisch ihre Gaben
Dem Manne schenkt; sie giebt dem Jüngling Reize
Zum Sieg für Herzen; nur dem reifern Alter
Verleiht Sie Kraft, für Heldenruhm zu kämpfen.
Ich kenne Hildebrand! er steht im Rufe,

Daß er schon manchen rüst'gen Ritter einst
Im Kampf zur Erd' gestreckt. Kein Jüngling darf
So leicht es wagen, sich mit ihm zu messen.

Matilde.

Was Freundschaft hier auf Eure Zunge legt,
Vermag nur meine Furcht vor der Gefahr
Des jungen Ritters zu vermehren; doch
Soll es nicht meinen festen Entschluß ändern?
Beschlossen ist's! nur Dieser kämpft für mich!

Dekourfi.

Im Namen Wallori's, beschwör ich Euch,
Vergönnt mir in Geduld nur noch ein Wort.
Bedenkt! Ihr seyd so edel durch Euch selbst,
Viel edler noch, als Wittwe Wallori's!
Entweiht ja diesen Namen nie! — Vergebt
Der Freundschaft treuem Rathe! mich macht stets
Die reine Wahrheit kühn; und die Gefahr,
In der Ihr schwebt, löst meine Zunge.

Matilde.

Sprecht!
Ihr wart einst meines Gatten Freund; als Freund
Dürft Ihr in diesem Tone zu mir sprechen.

Dekourſt.

Bey Gott, ich war ſein Freund! bin noch der Eure!
Glaubt dieſem Freunde! wagt es nicht, den Jüngling,
Der Eure Hofnung täuſcht, nach Southampton
Zum Kampf mit Hildebrand zu ſenden, denn
Der Streich, der Euren Kämpfer träfe, wär'
Für deſſen Leben nicht ſo tödtlich, als
Für Euren guten Ruf.

Matilde.

Laßt ab! Ihr dringt
Zu raſch mit Schlüſſen der Vernunft in mich.
Zu ſchwach iſt mein Verſtand, um Eure Gründe,
Mit Kunſt durch Worte, fein zu widerlegen.
Ich kenne nur des Herzens Sprache noch.

Dekourſt.

Erlaubt nur eine Frage: dieſer Jüngling
Den ich für Euren Pagen hielt, wer iſt er? —
Ihr wicht zuvor ſchon meinen Fragen aus.
Bekennt mir's frey, Matilde! wer iſt er,
Daß Ihr ihn ſo erhebt? — Ein Diener, der
Für treuen Dienſt wohl Euren Dank verdient;
Doch den Ihr ſelbſt nicht würdig achten könnt,
Dem edlen Wallori das Schwert zu reichen,
Den Bügel ſeines ſtolzen Pferd's zu halten.

E 5

Wie darf es solch ein Diener dreist nun wagen,
Für Wallori die Lanze zu regieren?

Matilde.

Ich gebe von der Wahl, die ich getroffen,
Nur König Heinrich Rechenschaft. Ein Freund,
Der mit Verdacht der Freundinn Tugend lohnt,
Der über ihres Herzens festesten
Entschluß tyrannisch zu gebieten sucht,
Giebt ihr die Lehre der Verschwiegenheit.
Vergebens forscht Ihr, wer mein Kämpfer sey.
Habt Ihr für mich noch Achtung, o so glaubt,
Daß ihn mein Herz, dieß treue Herz gewählet —
Und daß Natur die Wahl bestätige!
(sie geht ab.)

Dritter Auftritt.

Dekoursi. Hernach Wallori.

Dekoursi.

So wär' dann dieser Trauerort der Sitz
Verborgner, unerlaubter Liebe! — Wo,
Wo sonst, als in dem Herzen dieser Wittwe,
Hätt' ich die Quelle reinster Tugenden

Erforſcht! *) — Umſonſt! Iſt dann Vollkommenheit
Aus der Natur des Weibes ganz verbannt?
Was ſollen Jahre lang geweinte Thränen,
Wenn heuchleriſch ſich unter jeder Thräne
Der Liebe Lächeln fein verbirgt? Was ſoll
Der Kummer, den ein Liebesſeufzer ſtillt?

(indem er Wallori erblickt.)

Was will der Mönch? Und was ſein ſtarrer Blick,
Zum drittenmale heut auf mich geheftet?
Mich dünkt, es ſehne ſich ſein Herz, durch ihn
Sich mir zu öfnen; — Die Geſtalt? — Die Züge? —
Doch nein! mich täuſchet Fantaſie!

Wallori.
(nähert ſich dem Dekourſi.)

Erlaubt! —

Dekourſi.

Iſt es Dekourſi, den zu ſprechen Ihr
Verlangt?

Wallori.

Vergebt mir, Ritter, wenn ich Euch
Mit einer Frage hier beſchwerlich falle. —
Iſt Euch nicht mehr ein herrliches Juwel,

---

*) Wallori tritt ein, bleibt im Grunde der Büh=
ne ſtehen, und heftet ſeinen ſtarren Blick auf
Dekourſi.

Ein sichres Liebespfand erinnerlich,

Das die Bewohnerinn von dieser Burg,

Durch Eure Hand, einst ihrem Gatten reichte!

Dekoursi.

Wohl denk' ich eines zierlichen Geschmeides,

Das einst Matilde, als ein Pfand der Treue,

Beym Abschied ihrem Gatten hinterließ.

Wallori.

(zeigt ihm eine Armbinde.)

War's diesem ähnlich?

Dekoursi.

Allerdings! — dasselbe,

Das ich dem alten Freunde, Wallori,

Nach Palästina brachte.

Wallori.

War es nicht

Dasselbe Pfand, das ich von Euch empfieng?

Dekoursi.

Das Ihr von mir empfiengt? — Was soll dieß Räthsel?

Wallori.

Habt Ihr nur noch Gedächtniß für dieß Pfand,

Und keines für den Freund, dem Ihr es reichtet?

Dekoursi.

Erklärt Euch; sprecht nicht so geheimnißvoll!

Wallori.

Sucht Euch zu fassen; ich beschwör' Euch, Freund
Noch bin ich unbekannt auf dieser Burg.
Wer denkt nicht, daß ich längst im Grabe modre?

Dekourfi.

Unmöglich! — ständen Todte wieder auf?
Unmöglich! — Nein! — es ist ein Traum!

Wallori.

Dekourfi!
Mein Freund— komm in des Freundes Arme — Sieh!
So öfnen sie sich Dir zur Freundschaft wieder!

Dekourfi.

Beym Himmel! — Nein! — Und doch! —
Komm an dieß Herz!
Du lebst! — Du lebst!

(er fällt Wallori um den Hals.)

Wallori.

Ich lebe — lebe wirklich —
Zur Freude nicht, zu neuem Kummer auf!
Erwehne nicht mit einer lauten Silbe,
Daß Du mich hier erblickt. Noch heute will
Ich ganz mein Schicksal Dir vertrauen. Laß
Indeß der Freundschaft diese Stund' uns weih'n!
Mein Weib! mein Weib!

Dekourſi.
(vor ſich.)

Ich ahndete den Sturm! —
(laut.)

Du ſeufzeſt, bey dem Dir einſt theuren Namen
Matilde? —

Wallori.

Ha! unglückliches Geſchöpf!
Doch nein, ich klage ſie nicht an; hat ſie
Der Wittwe Pflichten nicht erfüllt? Sie weinte
Um ihren Gatten — war in Einſamkeit
Beſorgt, des Herzens tiefverborgne Triebe,
Zur Rettung ihrer Ehre, zu verhehlen.
Gelang es ihr nicht ſo durch Heucheley,
Sehr tugendhaft vor aller Welt zu ſcheinen?
Ob aus des Laſters fein gewebten Schlingen
Sich zu befrey'n, ſie gleich nicht Muth beſaß.
Beklage mich! ich der nach langem Sturme,
Des Glückes und der Ruhe ſichern Hafen
Erreicht zu haben, wähnte — Ach! —

Dekourſi.
Ich weiß,

Wohin der Seufzer Deines Herzens zielt.
Montgomeri weckt dieſen neuen Kummer

In Deiner Seele; mir ist es bewußt,
Welch Ungewitter Dir auf's neue droht.
Ich sprach vertraulich mit Matilden von
Der drohenden Gefahr, die ihrer harrt.

Wallori.

Und was beschloß Matilde?

Dekoursi.

Nichts von dem
Was ihr ein guter Geist zuflisterte.
Sie unterbrach mit Unmuth das Gespräch;
Als ich die Wahl des Jünglings, den sie sich
Zum Kämpfer ausersehn, zu tadeln wagte. —
Ich zweifle nicht, sie liebt Montgomeri.

Wallori.

Sie liebt ihn! mein vertrauter Diener, Gyffort,
War Zeuge, wie sie lüstern ihren Arm,
Gleich Epheu um die Rinde eines Baumes,
Um ihren Liebling schlang; ihn Wallori
Im Taumel nannte. — Freund! was dünkt
Dir von dem Schicksal, das mir droht?

Dekoursi.

Was kann
Ich Dir zum Trost, für einen Rath noch geben,
Da Du Matildens Herz, das einz'ge, letzte,

Was Dir auf dieser trauervollen Bahn
Des Lebens, zu erreichen übrig war,
Verlor'st? Was sonst bleibt Dir noch übrig, Freund,
Als muthig kämpfen, um Matildens Ehre;
(Wenn unbefleckt sie noch zu retten ist!)
Nebst Deinem Heldenruf Dir zu erhalten;
Erscheine gegen Hildebrand im Kampfe,
Und rette mit dem Schwert Matildens Tugend?

Wallori.

Ich, ihre Tugend retten? Glaubst Du noch
Daß sie zu retten sey?

Dekoursi.

Ich glaube sie
Noch unbefleckt; ob gleich ihr Herz besiegt
Durch Liebe scheint.

Wallori.

Wie gern vergäb' ich ihr
Und weinte stille Thränen über den
Verlust des Herzens der geliebten Gattin,
Wär dieses Herz vom Laster rein geblieben!
Doch nein, ich täuschte mich zu viel, wenn ich
Nach alle dem was ich vernommen, noch
Auf unbefleckte Tugend zählte. — Nein,
Vergebens hoff ich, noch zufriedne Tage

In

In meiner Gattinn Armen zu genießen;
Ein viel beglückt'rer Jüngling hat dieß Ziel
Erreicht!

Dekourſi.

So ſoll dann gegen Hildebrand,
Der ſo beglückte Jüngling ſich im Kampfe
Vor aller Augen ſtellen, um Matilden
Und Dich mit Schande zu bedecken? Freund,
Erwache! ſchläft Dein Muth? Ich kenne kaum
Den ſtolzen Wallori.

Wallori.

Wer ſonſt, als Du,
Dekourſi, darf ſolch einen Zweifel athmen,
Ohn' daß mein Schwert ihm auf der Stell' antworte?
Vernimm: auf dieſer Burg iſt Hildebrand,
Dem Tode nah. Gleich einem böſen Geiſte,
Mich um Erlöſung flehend, folgt er mir
Auf jedem Schritte nach.

Dekourſi.

Unmöglich! — Nein,
Es iſt ein Traum! — Wie konnteſt Du zum Spiel
Des ſo verworr'nen Schickſals werden? Freund,
Welch einen Rath kann ich Dir geben?

F

Wallori.

Keinen.

Vergebens wär' ein Rath, der selbst vom Munde
Der Weisheit flöß'! Kein Sterblicher vermag
Des Schicksals fein gesponnenes Gewebe,
Womit es oft den Sterblichen umhüllt,
Mit kühnen Blicken zu durchdringen. — Weg
Mit diesem heil'gen Kleide! Gieb ein Schwert,
Gieb eine Lanze mir, daß ich als Ritter,
Mit Ruhm, in Schlachten falle; denn besiegt
Zu werden, scheint es doch dir Vorsicht Schluß.
Laß mich zurück in das gelobte Land!
Mein Schwert mit Sarazenen = Blute färben!
Ich darf nun länger nicht auf dieser Burg,
Gleich einem irrenden Gespenst, bey Nacht
Matildens Brautbett, seufzend, seig umschweben.

Dekoursi.

Laß nicht Verzweiflung Deinen festen Sinn
Auf Irrweg' leiten; gieb nicht alle Hofnung
Verloren! Hat der Himmel Dich nicht heute
Von Sturm, aus tiefem Meeresschlund, gerettet?
Dir einen sichern Hafen hier gezeigt?
Vielleicht gelingt es mir, noch einen Weg
Zum Sitz der Freuden in Matildens Armen,

Den Vorsicht Dir verborgen, zu entdecken.
Ich ahnde, daß Matildens Tugend noch
Zu retten ist. Gedulde Dich nur heut',
Und laß uns mit gelaß'nen Blicken forschen.

Wallori.

Ich folge Deinem freundschaftlichen Rathe;
Will mich gedulden; werde süßer Hofnung
Durch Seufzer noch ein letztes Opfer bringen.
Doch länger nicht als heute spielt der Ritter
Den Mönch! Ja, fürchterlich wird sich das Spiel
Bald enden, wenn vom Auge mir die Binde
Der letzten Täuschung fällt. Dekoursi, komm!
Du, Freund! bist noch das einzige Geschöpf,
Das hier in dieser öden, wüsten Welt
Mir Trost und einen sichern Pfad verspricht.
Laß uns den Pfad, wo wir ihn finden, wandeln!

Dekoursi.

Und Hand in Hand als Freunde leben — sterben!
(sie gehen ab.)

Ende des dritten Aufzugs.

Vierter Aufzug.

Erster Auftritt.

Hildebrand. Hernach Matilde.

Hildebrand.

(tritt sehr entkräftet, und in tiefer Schwermuth herein.)

Wozu durch finstern Hain, Gespenst der Hölle!
Verzweiflung! treibst du mich auf diese Burg,
Den Tod , den ich umsonst in schwarzer Nacht
Gesucht, zu finden? — Hätt' ich nur noch Kraft,
Der Felsen steilsten Gipfel zu erklimmen,
Mich in des Meeres Schlund zu stürzen! Ach!
Hätt' ich nur einen Dolch, ein Schwert, die Fesseln
Zu lösen! — Doch, wer leiht zu solcher That
Mir Muth? Kein Muth? Ha! fleuch Gedanke! fleuch
Was ist aus Hildebrand geworden! Wie?
Mich schreckt ein Schattenbild, wo sonst dem Tode

Ich stets in Schlachten kühn entgegen focht?
Von Schrecken, Angst und Furcht begleitet, zeigt
Ein Geist sich mir in scheußlicher Gestalt.*)
Hinweg von mir, Gespenst der Hölle! weg!

(er erblickt Matilden.)

Wer kömmt? Matilde! Ha! entferne Dich!
Laß, von Dir ungesehen, mich hier sterben!

(er will sich entfernen.)

Matilde.

Vergebens, unbekannter Gast, weicht Ihr
Mir länger aus.   Ich weiß, daß Ihr die Nacht
Hindurch im finstern Wald umhergeschweift.
Der Morgen graute kaum, und ich vernahm
Schon Eure Seufzer.   Rauhe Luft der See
Vermehrt der Wunden Schmerz.   Genießet Ruhe!
Ihr seyd dem Tode näher, als Ihr glaubt.

Hildebrand.

Wohl näher, als Ihr wißt!   Schon öfnet sich
Vor meinem Aug' ein grauliches Gefilde
Der düstern Ewigkeit.

Matilde.

Ermannet Euch

Nehmt Heilungskräuter von mir an, und schlagt

*) Matilde tritt ein.

F 3

Den Balsam, den ich Euch bereiten lasse,
Nicht von der Hand.

Hildebrand.

Für sieche Körper reicht
Uns selbst Natur in Fülle Kräuter dar,
Mit deren Heilungssaft Genesung fließt.

Matilde.

Darfs also kühn der Sterbliche noch wagen,
Geschenke der Natur so zu verschmähen?
Es drohet Fäulniß Eurer Wunden, Tod.
Säumt länger nicht, sie zu verbinden! Nehmt!
Nehmt von gastfreyer Hand die Pflege an!

Hildebrand.

Ach, edle Frau, die Kunst des Körpers Schmerzen
Zu stillen, ist nur eitle Kunst der Täuschung,
Wenn jener edl're Theil an Wunden leidet,
Die unsichtbare Rache ihm geschlagen.

Matilde.

An diesen Wunden leid' ich selbst; ihr Name
Ist Kummer! — Sagt! verlor't Ihr einen Freund?
Vielleicht gar eine theure Gattin? — Sprecht!
Besorgt nicht, daß ich Euren Kummer table;
Er ist gerecht. Nur einen Trost vermag
Ich Euch zu geben: denkt, die Hand des Himmels

Hat Euch des Herzens liebsten Gegenstand
Entrissen; mir hat feigen Mörders Dolch
Den besten, zärtlichsten Gemahl geraubt.

Hildebrand.

Laßt ab, der schwersten Sünde Gräu'l zu schildern!

Matilde.

Gesteht! es war ein Freund, war eine Gattin,
Die heut der Sturm im Meer verschlang.

Hildebrand.

      Kein Weib,
Kein Freund! und doch —

Matilde.

    Was doch? Beweint Ihr etwann
Der Güter unersetzlichen Verlust?
Es muß dem Reichen schrecklich fallen, sich
So plötzlich vom Genusse langer Jahre
Ersparniß, ohne Rettung, durch den Sturm
Getrennt zu sehn. Ich theile Euren Schmerz;
Und hätt' ich noch so viel Vermögen, Euch
Itzt auszuhelfen, es wär' Euch geschenkt;
Doch, meines Gatten Mörder raubte mir
Auch noch den Trost, dem Leidenden zu steuern.

Hildebrand.

Ihr tödtet mich! laßt ab!

Matilde.

Wenn Ihr bedenkt,
Daß schwerer Sorgen Last, mit Euren Schätzen,
Zugleich im Sturm ein Raub der Wellen ward,
Könnt Ihr in dem Gedanken Trost wohl finden,

Hildebrand.

Ich achte den Verlust der Freuden nicht,
Die Reichthum mir gewährte; denn er ist
Des Zufalls Werk! Was heut der Sturm mir raubt,
Kann morgen günst'ger Schicksal wieder geben.
Das Glück borgt selten ohne schwere Zinsen.
Genuß ist oft an Reue überschwenglich!
Wem unter Thränen geht die Sonne nicht
Oft unter, um in sanfter Morgendämm'rung
Uns einen Tag von Wonne zu verkünd'gen.
Nur ich genieße keines solchen Morgen;
In schwarze Nacht hüllt sich mein bös Gewissen;
Kein Glückstern schimmert mir vom Himmel mehr,
Mein Ruhbett ist mir eine Folterbank.
Mich peitschen Furien; an meinem Herzen
Nagt unaufhörlich ein gefräß'ger Geyer.
Die Todtenglocke summt bey Tag und Nacht
Mir dumpf ins Ohr.

Matilde.

Ich les in Euren Blicken,
Daß schwarze Sünde Euern Geist umschwebt.
Gewissensbisse heilt nur brünst'ge Reue! —
Begleitet von Erlösung stieg die Tugend
Vom Himmel auf die Welt herab, zum Troste
Des Sünders, — Fleht sie um Verzeihung an!
Vertraut Euch Eurem Reisgefährten ganz;
Er scheint ein frommer Mann! ein Priester Gottes,
Der Eurer Seele Wunden heilen wird.

Hildebrand.

Ich hab ihm mein Verbrechen anvertraut;
Hab ihm gebeichtet! — Doch, was kann sein Segen!

Matilde.

Er flößte mir Vertrauen ein: hätt' ich
Selbst einen Mord begangen!

Hildebrand.

Mord? — ha! schrecklich!
Wißt Ihr, was diese Sünd' auch in sich faßt?
Der Hölle Qualen! — Mord? — Ja Mord, das ist
Die Sünde, die nur ein Geschöpf auf Erden,
Ein Weib, von meiner Seele lösen kann;
Ein tugendhaftes Weib, zu der durch Sturm
Des Himmels Hand mich leitete, daß ich

Mich ihr zu Füßen werfe, mich zum Mörder,
Der ihren Wallori erschlug, bekenne.

(er wirft sich ihr zu Füßen,)

Matilde.

(nachdem sie sich von ihrem Schrecken erholt hat.)
Verschling ihn, Erde! — Ha! Du bist die Schlange,
Von deren gift'gem Biß mein Gatte fiel.
Kein scheußlicher Gespenst stellt mir die Hölle
Zum Schrecken dar! — Dich nahm ich gastfrey auf?
Dir, Ungeheuer, bot ich Pflege an?
Hinweg! such auf den schroffen Felsen Nahrung!
Die Winde steh um Mitleid an! wirf Dich,
Zu rasten, auf ein Dornenlager! suche
Zur Speise gift'ge Kräuter Dir! — Hinweg!
Hinweg! Dein Blick ist Tod, verruchter Mörder!

Hildebrand.

Ich fleh Euch nicht um Mitleid an; such' nicht
Von Euch Vergebung — nur den Tod! — nach Tod
Von Eurer Hand sehnt sich mein Herz. Ihr nahmt
Mich heut so gütig auf; Ihr reichtet mir
In Fülle Speis' und Trank und Arzeney'n; —
Ließ ich nicht meine Wunden unverbunden?
Schlug ich nicht Trank und Speise von der Hand?
Kein Bissen ist noch über meinen Mund gekommen!

Mein Wunsch ist nicht, daß Ihr zu neuem Leben
Mich wecken sollt — den Tod gewähret mir! —
Ich will nicht Sünd'. auf Sünde häufen, um
Durch Mitleid Euer Herz zu hintergehn.
Ruft Eure Diener, daß sie mich hier tödten,
Wenn Ihr nicht selbst den Stahl in meine Brust
Zu stoßen, Muth genug besitzt. Versagt
Mir nicht den Trost, von Eurer Hand zu sterben!—
Den Tod, Matilde!

Matilde.

Trost? wagt's Deine Zunge,
Dieß Wort zu stammeln? Trost — für Dich? von mir?
Von einem Weibe, dem Du alles nahmst,
Was Trost dem Sterblichen gewähren kann:
Den Himmel in des Gatten Armen!

Hildebrand.

Ach!
Zu viel hat dieses Herz an Reue schon
Gelitten! — Habt Erbarmen!

Matilde.

Fluchte Dir
Nicht schon Natur! Trat nicht der Mond vom Blute
Gefärbt, in jener schauervollen Nacht
Des Mordes, in die schwärz'ste Wolk' zurück!

Verbargen ihren Glanz die Sterne nicht
Nach jener That! — und Du, verruchter Mörder!
Verlangst Erbarmen, Trost von mir? von mir
Dem armen Weibe, dem nichts übrig bleibt,
Als Seufzer, stumme Thränen! —

Zweyter Auftritt.
Montgomeri. Die Vorigen.

Matilde.

Ha! Du kömmst
Erwünscht, Montgomeri!

Montgomeri.

Was ist's, wofür
Ihr bebt? wer setzt Euch hier in Furcht und Schrecken?
Was harret Ihr so unbeweglich hier,
Matilde?

Matilde.

Rette mich! Ich bin verloren!
Ich fühle meine Kniee schwanken. Komm!
Komm, öfne Deine Arme mir, daß mich
Des Mörders Hand, wenn ich zu Boden sinke,
Nicht fasse! — Hier! sieh hin! sieh hin! dieß ist
Der Mörder Wallori's!

Montgomeri.

Wer? Hildebrand?
Ist's möglich? Ha! verdammter Mörder! zieh!
Zieh auf der Stelle! zieh! vertheid'ge Dich!
Wo nicht, so stirb von dieser Hand!

Hildebrand.

Stoß zu!
Ich öfne Dir hier meine Brust! — Stoß zu!
Hab kein Erbarmen!

Matilde.

Halt, Montgomeri!
Halt ein! gerecht ist Deine Rache — doch
Er ist verwundet, ohne Waffen. Sieh,
Der Tod schwebt schon auf seinen Lippen! weg
Mit Deinem Schwert! entweih es nicht! Gieb ihn
Des Himmels Rache Preis!

Hildebrand.

Seht! Ich verzweifle!
Bekenn' Euch meine Sünde — fühle Reue! —
Entsage meiner Schätze gänzlichem
Besitz; nehmt meine Güter hin, die Euch
Mein Geiz geraubt; ich geb' Euch alles, nur —.
Nur einen einz'gen kleinen Schollen Erde,
Nach christlichem Gebrauch der Kirch' geweiht,

Um den so läst'gen Körper zu bedecken,
Vergönnet mir! Laßt mich nur nicht ein Raub
Der Vögel oder wilder Thiere werden! —
Ich gab Euch alles! wollt Ihr mich die Last
Des Lebens länger fühlen lassen? Mich
Von Weibe, Kindern, Freunden längst getrennt!
Verlassen gar von meinem frommen Mönche,
Auf dessen Segen ich beym Scheiden hoffte.
Soll ich im Tode keines Christen Hand
Mehr finden, mir mein brechend Aug' zu schließen?
Doch nein! zu viel verlang' ich hier von Euch!
Laßt meine Thränen mir mein Grab aushöhlen.

Montgomeri.

Von Reue scheint er ganz durchdrungen! Ja,
Gewähret ihm, nach christlichem Gebrauch,
Ein Grab! — Seht hin! er scheint schon mit dem Tode
Zu ringen. — Laßt ihm einen Priester kommen;
Den Trost versagt kein Christ dem Mörder selbst.

Matilde.

Du kanntest Deinen Vater nicht, daher
Dein Mitleid so natürlich! Mir erspare
Den Fluch vom Geiste Deines Vaters, der
Mich hier umschwebt, und mir verbietet, Hilf'
Und Trost dem Mörder zu gewähren.

Montgomeri.

Nein!
Nein Mutter, diese Hand soll nicht die Hand
Des Vatermörders fassen! — Doch erlaubt,
Daß seiner Leich' ich einen kleinen Hügel
Geweihter Erde gönne! Seht, dort kömmt
Der alte fromme Mönch.

Matilde.

Mit ihm Dekourst
Verlaß die Leiche nicht! hab acht, was noch
Beym letzten Odemzug der Mörder Dir
Bekennen wird. Ruf sie zu Zeugen auf!
Dann schreib Dir diesen Auftritt in Dein Herz.
Sey standhaft — wie's dem Sohne Wallori's
Geziemt!

(sie geht ab.)

Dritter Auftritt.

Hildebrand. Montgomeri. Wallori.
und Dekoursi.

Montgomeri.

Ehrwürd'ger Mann! aus dessen Munde
Dem Sünder in dem Tode Trost zufließt,
Verschaft der Seele dieses Mörders Ruhe,

Eh sie Verzweiflung hin zur Hölle reißt,
Er wünscht, mit Reu' Euch seinen Mord zu beichten.

Wallori.

Laß uns allein! (zu Dekoursi.)
Auch Du entferne Dich! — *)
(zu Hildebrand.)
Wenn Du noch Sinne, noch Verstand besitzest,
So blick auf mich, und reiche Deine Hand
Mir dar; — Ich bin der alte Mönch,
Der Dich begleitete. —

Hildebrand.

(ihm die Hand reichend.)
O rette, rette mich
Vom zweyten Sturm! Ich bin ein Sünder! — ach!
Mir droht die Hölle!

Wallori.

Nein, Du bist kein Mörder!
Erblicke Wallori in mir! —

Hildebrand.

Gelobt
Sey, Gott! der Du hier diesen sel'gen Geist,
Zum letzten Troste mir, vom Himmel sendest!

Wal:

*) Montgomeri und Dekoursi treten ab.

Wallori.

Blick auf! ich bin kein Geist! — Bin Wallori,
Der Deine Hand, zum Zeichen der Vergebung,
Als Christ Dir drückt! Empfindest Du den Druck
Der Hand?

Hildebrand.

  Im Innersten des Herzens! — Könnt
Ihr mir verzeihn? — Kann ich getröstet sterben? —
Zu schwach ist meines Geistes Kraft, zu forschen,
Durch welches Wunder Ihr mir hier erscheint.
Wenn Ihr mir nur vergebt! — O Wallori! —

Wallori.

Vergeben ist Dir! Stirb getröstet! stirb! —
Mit Menschenliebe schließ ich so Dein Auge!
Schlaf ruhig! öfne nie dieß Auge wieder,
Um in die jammervolle Welt zu blicken.
Mit Dir zu Grabe, wünsch ich, ging' mein Kummer!

Hildebrand.

Erfüllt mit Wonne, fühlt sich meine Seele!
Willkommen Tod! — er naht! — ich sterbe sanft —
Lös meine Seel — wohlthätiger Wallori! —
Laß meine Hand — bis sie erstarrt — nicht fahren —
Dank Dir — für Deinen Trost! —
Leb wohl — leb wohl —

(er stirbt.)

G

Wallori.

(nach einer stummen Pause.)

Es ist geschehn! — Wohl ihm! er lächelte,
Und starb! — Ich leb', um nun aufs neu zu weinen. —
Gieb Dich zur Ruhe, Herz! Genieße froh
Den Trost: der Hölle diese Seel' geraubt
Zu haben. — Kommt! bringt diese Leiche weg!

Vierter Auftritt.

Wallori. Montgomeri. Dekoutsi.

Wallori.

Seht! hier der Sünder ist im Herrn entschlafen.
Vergönnet ihm ein Grab! er starb als Christ.

Montgomeri.

In jener Klause, längs der Küste, lebt
Ein Mönchen = Paar, durch heiliges Gelübde
Zur Menschenhilfe brüderlich verbunden;
Ein Zufluchtsort für Manche, die der Sturm
An unser Ufer warf, wo sie für Wunden
Und Krankheit Heilungskräuter gastfrey fanden.
Dort laßt den Leichnam uns in dieser Nacht
Zur Erde bringen.

Wallori.

Ja, das wollen wir!

Montgomeri.
(zu Wallori.)

Ihr scheint der Vorsicht Liebling!! denn nur Euch
Hat sie, aus dem mit Fluch beladnen Schiffe,
Erhalten. Ich vermag es nicht zu fassen,
Wie sich der Diener Gottes mit dem Teufel,
Wie Frommheit und die Sünde, so vereint
Auf einem Schiffe segeln konnten?

Wallori.
Denkst
Du etwann, Hildebrand hab seine Seele
Durch einen Mord befleckt? — Bau nicht so gradezu
Gewissen Glauben auf Vermuthung! Sey
Nicht so vermessen, seines Todes wegen
Triumph auf dieser Burg zu jauchzen; stimme
Nicht frohe Lieder an; erhalte länger
Die trauervolle Stimmung, die bisher
Dieß Schloß zur Thränenburg gemacht, und hänge
Zum Zeichen Deines Siegs, der Dich kein Blut
Gekostet, Deinen Schild nicht auf; vielmehr
Bereite Dich zu frischem Kampf; mach Dich
Gefaßt, von Deiner Stärk' und Tapferkeit
Bald Proben abzulegen! Kommen wird
Ein unbekannter, tapfrer Ritter, der

Dich bald zur Rede stellen, Deine Freude
In Furcht und Todesangst verwandeln wird.

Montgomeri.

Ehrwürd'ger Mann! dem Stande, dem Du Dich
Geweiht, sind Friedensreden angemeß'ner,
Als ein Geheimniß unter Drohungen,
Die Dir nicht ziemen, länger zu verbergen.
Erkläre Dich! Du rühmst Dich: Wallori
Sey einst Dein Freund gewesen, und Du wagst
Es kühn, für Hildebrand das Wort zu sprechen.
Behauptest, seine Seel' sey rein vom Morde;
Verweisest mich auf einen Unbekannten,
Der mich zu zücht'gen kommen soll! — Er komme!
Ich bin bereit zum Kampfe!

Wallori.

     Weg! hinweg!
Verwegner, eitler Junge!

Montgomeri.

     Ja, ich bin
Wohl eitel, stolz, doch nicht auf mich. In mir
Weckt das Vertrau'n der Wittwe Wallori's
Erhabnes Selbstgefühl von meiner Würde;
Ich bin der Kämpfer für die gute Sache
Matildens; und auf diesen Namen, den

Die Wittwe selbst mir gab, bin ich mit Recht
So stolz; behaupte kühn, daß Hildebrand
Ein Mörder war; und biete jedem Trotz,
Auf Schwertstreich oder Kolbenschlag, der's wagt,
Des Mörders Sache zu vertheidigen.

(zu Dekoursi.)

Euch, Ritter, ruf ich hier zum Zeugen auf!
Wer mir zu widersprechen wagt, stell sich
Mir dar!

Wallori.

(zu Dekoursi.)

Mein Blut wallt jugendlich in mir!
Verjüngt durch Rache fühlt sich meine Kraft.
Ich muß die Hülle von mir werfen!

Dekoursi.

(heimlich zu Wallori.)

Nein!
Sey noch verschwiegen! Laß den Augenblick,
Da Du erscheinen darfst, mich vorbereiten.

Wallori.

Es sey!

Dekoursi.

Montgomeri, als Abgesandter
Des Königs meinen Auftrag zu erfüllen,

G 3

Gebiet ich Deiner stolzen Kühnheit Schranken.

Erfreche Dich nicht, einen edlen Ritter

Zum Kampf nach Southampton zu fodern, eh

Du noch erklärt: mit welchem Rechte Du

Dich gegen einen Ritterbürtigen

Im Kampfkreis stellen willst.

Montgomeri.

Matilde darf

Die Frag' allein mir stellen; ich der sie

Vertheid'ge, bin nicht Rechenschaft Dir schuldig.

Matilde zweifelt nicht! —

Dekourſi.

Wir halten Dich

Für ihren Kämpfer; doch erkläre mir:

Ist nicht Dein Nam' Montgomeri erborgt?

Welch enges Band knüpft Dich an diese Wittwe?

Wallori.

Erkenne Jüngling; — Ha! es ist am Tage! —

Du schweigst? — die Röthe Deiner Wangen ist

Geständniß!

Montgomeri.

Guter Vater! Ach ist Euch

Geheimniß, das der Mensch dem Menschen auf

Die Seele bindet, minder heilig, als

Die Beicht? Gegebnes Wort der Treue muß
So kräftig, als des Priesters Schwur, verbinden!

Wallori.

Der Mann, wenn Wahrheit ihn zur Rede stellt,
Der klare Worte hinter finstres Schweigen
Verbirgt, gewinnt den Schein des listigsten
Betrugs; die Tugend selbst muß ihn verdammen,
Wenn gleich sie kein Geständniß ihm entlockt.

Montgomeri.

Du , der Du selbst ein unbekannter Gast,
Nicht zu ergründen bist, mit Hildebrand
In wunderbarem Einverständniß uns
Erschienst, Du wagst es, mein Geheimniß zu
Erforschen? — Gieb zuvor von Dir Bescheid!

Wallori.

(heftig.)

Wohlan, ich will ihn geben!

Dekoursi.

(zu Wallori.)

Fasse Dich!

Bedenk!

Wallori.

(faßt sich; zu Dekoursi.)

Ich dank Dir, Freund, für Deinen Rath

Ihn gab ein Engel (zu Montg.) Jüngling! ich bekenne
Mich Dir zum Schuldner! wenn auch Dein Geschenk,
Das bider Du mir an der Küste reichtest, -
Mein Leben, wie von Dir ich's heut empfing,
Mir lästig ist.

Montgomeri.

Erkenne dieß Geschenk,
Für nichts als Menschenpflicht, die ich erfüllte,
Wie Du sie selbst an mir erfüllet hättest. —
Die Sonne, wenn sie günstig morgen scheint,
Soll mir und der Besitzerinn der Burg
Zu König Heinrichs Throne leuchten, wo
Ich Hildebrand, ist er gleich todt, als Mörder
Beschuld'gen will, um von Matilden den
Verdacht, als hab' sie diesen Ritter falsch
Verleumdet, abzulehnen. So lenk' ich
Mit Ehren diese Streitigkeit zum Ziele.

Wallori.

Bedenk, was Du bey dieser Klage wagst!

Montgomeri.

Nur der wagt alles, der vermessen sich
Des Mörders Sache unterzieht. Wer ists,
Der Hildebrand nicht Mörder nannte?

Wallori.

Ich,
Und Wahrheit! — (auf Dekourſi deutend.)
Dieſer edle Zeuge ſtellt
Sich uns zur Seite.

Montgomeri.

Ihr, Dekourſi? — Wie?
An Euch, der Ihr ein edler Ritter ſeyd,
Nicht an den frommen Sohn des Friedens hier,
An Euch, der Ihr für Wahrheit und für Glauben
Des Kreuzes Fahne ſchwangt, ſey meine Frage
Geſtellt! — War Hildebrand kein Mörder?

Dekourſi.

Nein!
Bey meinem Leben, nein! — Wer ihn des Mords
Beſchuldigt, iſt ein Lügner! — Nie hat er
Die That vollbracht.

Montgomeri.

Bey meines Vaters Geiſte
Fluch ich dem Tod, der's morgen wagt, im Kreiſe
Vor Heinrich dieſes Wort halb laut zu liſpeln!

Dekourſi.

Du droheſt Tod, dem der es wagt? — Mein Herold
Soll's laut verkündigen; ich ſelbſt will es,

G 5

Mit voller Stimm', im Kampfkreis schrey'n und so
Bekräft'g' ich diesen Ruf.

(er wirft seinen Handschuh Montgomeri vor die Füße.)

Wallori.

(zu Dekourſi.)

   Nimm ihn zurück! —
Bey Ritters Ehre bitt ich Dich, nimm es
Zurück, des Todes Zeichen! Ich verlange
Des Jünglings Leiche nicht, denn er hat mich
Vom Untergang gerettet! — *) Faſſe Dich!
Du ſtürzeſt in Dein Grab; das Schickſal ſchwingt
Der Rache Schwert ſchon über Deinem Haupte.
Ich fodre keinen blut'gen Kampf von Dir;
Ich fodre Dich zu leichterm Kampf itzt auf,

  (er giebt Montgomeri die Armbinde.)

Nimm, ſtatt des Handſchuh's, dieß Juwel von mir,
Und reich es, — wenn ich dieſe Burg noch heut
Verlaſſen, — Deiner — — wie ſoll ich Matilden
Nur nennen? — Gieb ihr dieſen Schmuck, den ſie
In Wonnetagen einſt beſaß —

*) Zu Montgomeri.

Montgomeri.

Verlaß
Dich auf mein Wort! Noch heut werd' ich den Schmuck
Ihr reichen.

Wallori.

Meld' ihr dann: der alte Mönch
Hab ihn, in Zeiten seiner Pilgrimschaft
Und harter Sklaverey, zu Wasser und
Zu Land', bey Tag und Nacht, in Wellen selbst,
Mit mehr Verehrung, als Reliquien
Der Heiligen, auf seiner Brust getragen. —
Sag ihr: es lohne länger nicht der Mühe,
Dieß Pfand mit Lieb' und Ehrfurcht zu verwahren!
Es sey das Zeichen eitler Lieb' geworden;
Spielwerk für Kinder, Preis für Günstlinge. —
Sag ihr: es steh ihr frey —Dir es zu schenken!—
Leb' wohl! — Dekoursi, komm! zu Pferd! zu Pferd!
(er und Dekoursi gehen ab.)

Montgomeri.

„Zu Pferd?„ So spricht der Ritter, nicht der Mönch!-
Wie stolz gieng er — dem Gott des Krieges gleich —
Von hier! - Der Wundermann! - Ein heil'ger Schauer
Ergriff mich, als, sein starres Aug auf mich
Gerichtet, er Matilden nannte — dann

Den Schmrck mir gab! — Vielleicht kann dieß Juwel
Das Räthsel mir entziffern! — Bis dahin
Gedulde dich, mein Herz! Laß ab vom Wunsche
Des blutgen Kampfs! — Nur einen Wunsch erhalt
Mir Gott! — seys auch um meines Lebens Preis!
Der gütgen besten Mutter Glück zu stiften

(er geht ab.)

Ende des vierten Aufzugs.

Fünfter Aufzug.

(Ein Burgkapelle, wo das Grabmahl Wallori's; mit
Siegs = Trophäen, der Kreuzfahne und Wappen geziert, zu sehen ist.)

Erster Auftritt.

Matilde, kniet vor dem Grabmahl. Montgomeri,
kömmt herein.

Montgomeri.

Matilde noch in Thränen, auf den Knieen,
Für ihren Gatten Seligkeit erflehend!
Soll meines Vaters Geist, von Fesseln frey,
Wohl noch zur Straf' auf dieser Erde wandeln?
Hätt ihm schon längst der frommen Unschuld Bitte
Nicht Seligkeit verschaft: was hielt ihn ab,
Sich mir in blutiger Gestalt zu zeigen,
Als eben dreist der Ritter und der Mönch
Zu lügen sich erfrechten: Hildebrand

Sey meines Vaters Mörder nie gewesen? —
Doch, wer erforscht geschiedner Seelen Lenkung!
Mein Geist! verirre Dich nicht vor der Zeit
In dämmernde Gefilde!

Matilde.
(durch Montgomeri's Stimme erweckt.)
Ha! mein Sohn,
Du hier? Mein Trost! mein einzger letzter Trost!
Aus Deinen Blicken strahlet Himmelswonne.
Kein Engel wäre mir willkommener
Erschienen, um mein Herz ihm ganz zu öfnen.

Montgomeri.
Was soll die heitre Mine, liebe Mutter?
Ihr lächelt? seyd vor Freuden ganz entzückt!
Noch nie verließt Ihr diese Trauerstätte,
Daß sich in Euern Wangen Schmerz und Thränen
Nicht tiefre Spuren eingegraben; heut
Zum erstenmal blickt sanft aus Eurem Auge
Vergnügen. — Ist ein Engel Euch erschienen,
Uns Hofnung zu verkündigen?

Matilde.
Er selbst!
Dein Vater trat als selger Geist zu mir.

Montgomeri.

Mein Vater?

Matilde.

Ja! in himmlischem Gewande
Erblick ich ihn, mit Augen meiner Seele!
Er sprach, und seiner sanften Stimme Töne
Erfüllten mich mit Himmels Harmonie;
Wie wenn ein guter Geist uns Träume bildet.
Den Vorgeschmack der Himmels Seligkeiten
Zu kosten, reichte Wallori die Hand
Am Altar mir.

Montgomeri.

O Mutter! könnt ich doch
Die Freude, meines Vaters Geist, wie ihr,
Erblickt zu haben, mit Euch theilen!

Matilde.

Sohn!
Ich wünsche Dir solch einen Augenblick
Von Wonne, da das Leben Dir doch nur
Gar schwache Hofnung beßrer Tage läßt.

Montgomeri.

Hat sich mit blutgen Wunden Euch der Vater
Gezeigt?

Matilde.

Ein Engel Gottes ist nicht holder,
Nicht liebevoller, als mein Wallori
Erschien. Hat auch die Zeit der Jugend Reize
In ihm verlöscht, so blitzte Heldenkraft
Aus seinem Auge noch. Er schien ein Greis,
Durch Kummer, nicht durch Jahre = Last geworden.
Sein Liebelächeln heilte meinen Schmerz;
Ergoß sich sanft durch meine Adern hin
Zum Herzen, daß genesen ich mich fühlte.

Montgomeri.

Bemerktet Ihr dann keine Wunden?

Matilde.

Keine.

Auch konnt' ich nicht im ersten Augenblick
Des Gatten grau gewordnes Haupt, den Ton
Der hohlen Stimm' in ihm erkennen; doch
Sein Blick, der wie ein Blitz mein Herz durchdrang,
Ließ mich in ihm den edlen Wallori
Erkennen.

Montgomeri.

Sprach er nichts von jenem Morde,
Den Hildebrand bey Nacht an ihm verübt?

Ma=

Matilde.

Mit keiner Sylb' erwähnt er dieses Mordes.
Bey jedem Worte schwören hätt ich wollen,
Er lebe noch — sey nicht ermordet.

Montgomeri.

Mutter!

Erlaubt noch eine Frage: war es heut
Zum erstenmale, daß mein Vater Euch
Erschienen?

Matilde.

Nie hatt' er sich mir gezeigt.

Montgomeri.

Verhehlet mir es nicht! Erschien er nie
In einer anderen Gestalt, als Ihr
Ihn heut erblickt?

Matilde.

Noch nie; beym Himmel, nie!

Montgomeri.

Dann wankt mein Sinn, den fester Glaube band,
In finstres Labyrinth von Zweifeln hin.
Ich wag' es künftig nicht mehr, zu behaupten:
Daß Wallori durch Mörderhand gefallen.
Auch wag' ichs gegen keinen Sterblichen
Mein Schwert zu ziehen, der mir dreist betheuert:

H

Daß Ritter Hildebrand nie einen Mord
An Wallori verübt. — Ich darf Euch nicht
Verhehlen, gute Mutter, was ich eben
Vernommen, was den festesten Entschluß
In mir so wanken macht.

Matilde.
Bey meiner Liebe
Zu Dir, mein Sohn! beschwör ich Dich, sag an!

Montgomeri.
Erblichen war kaum Hildebrand, als ich
Mit Anstand und Bescheidenheit, wie's mir
In meinem Alter ziemt — des schwarzen Mordes,
Den er an Wallori verübt, erwähnte;
Zugleich auf sein Geständniß den Beweis
Der Klage gegen diesen Mörder stützte. —
Der alte Mönch, dem Hildebrand sein Herz
Im Todeskampf ergossen hatte, fiel,
Mit raschem jugendlichem Widerspruch,
Mir in die Rede, hieß mich vom Verdachte
Des fälschlich ausgesprengten Mordes schweigen.
Ich hatte nicht Gelassenheit genug,
Den Trotz des alten Mönches zu ertragen;
Im Innersten empört, rief ich Dekourfi

Zum Schiedesrichter unsers Zwistes auf.
Er fiel dem Mönche bey, erfrechte sich
Mit Stolz, mir zu behaupten: daß der Alte
Sehr wahr gesprochen; warf den Handschuh dreist,
Als Kampfeszeichen, hin zu meinen Füßen.

Matilde.

In jedem Deiner Worte liegt Entwicklung
Des Schicksals, dessen Ferne mir schon dämmert,
Mein Sohn! — Ach zeige näher mir das Ziel;
Ich folge Dir!

Montgomeri.

Es glühten jugendlich
Des alten Mönches Stirn und Wange;
Aus seinem Auge blitzte Zorn und Grimm;
Gespannt schien jede Sehne seines Körpers;
Kein Ritter greift so muthig nach dem Schwerte,
Als er den Handschuh faßte. „Mann des Friedens!„
Schien hier ein Engel ihm in's Ohr zu flistern,
„Bedenke!„ — Gleich dem Sonnenstrahle, wenn
Er plötzlich Sturmgewölk am Himmel theilt,
So gab der fromme Mann im Friedenstone,
Im Auge Thränen, seine Stimm' erstickt
Durch Seufzer, mir dieß herrliche Juwel,

Das er in seinem Busen aufbewahrte;
Gebot Dekourst Frieden.

(Er reicht Matilden die Perlenschnur.)

Matilde.

Ha! mein Sohn,
Du zauberst mir in irdischer Gestalt
Ein Blendwerk hier in meine Fantasie.
Es raubt mir plötzlich alle meine Sinne, —
Ach, unterstütze mich, mein Karl! daß ich
In Fassung dieses Pfand, wo, wann, und wie
Ich's gab, zurück in meine Seele rufe. —
Es ist — bey Gott! — es ist dasselbe Pfand! —
Das Pfand der unverletzten Treu und Liebe,
Das ich beym Scheiden meinem Wallori
Gereicht! es ist dieselbe Perlenschnur —
Mein Brautschmuck — jene Liebeskette, die
Zwey bider treue Herzen fesselte.
Gesegnet sey mir, theures Ehepfand!
Ich wag es kaum, vor Ehrfurcht, dich zu fassen.

(indem sie's küßt.)

Berührt es, wie ein Heiligthum, ihr Lippen!

Montgomeri.

(vor sich.)

Nicht reiner ist des frommen Pilgrims Kuß,
Wenn er auf Heiligthum die Lippen drückt!

Matilde.

Einst floßen Freudenthränen auf dich hin,
Geliebtes Pfand! — Empfanget heut ihr Perlen,
Des Kummers Thränen! — Diesem Altar hier,
Geschmückt mit Siegeszeichen, weih' ich euch!
Dieß Denkmahl kriegerischen Muthes, soll
Zugleich ein Denkmahl reinster Liebe werden.
(sie hängt die Perlenschnur um den Sarg.)

Montgomeri.

O Mutter! liebt Ihr Euren Sohn?

Matilde.

Ob ich
Dich liebe, Sohn?
(sie fällt ihm um den Hals.)

Montgomeri.

Bey dieser Liebe, Mutter!
Beschwör' ich Euch, verlaßt den Ort, der nichts
Als Bilder neuer Leiden zeigt! Folgt mir
In Euer Schlafgemach, um dort durch Ruhe
Und Schlaf den matten Geist zu stärken; kommt,
Geliebte Mutter!

Matilde.

Sohn! wer ist der Mönch?
Versagst Du mir, daß sich zu ihm mein Aug'
Erhebe?

Montgomeri.

Nein, Ihr sollt ihn sehn; doch nicht,
Bevor Ihr ihn in Faſſung ſprechen könnt.

Matilde.

So leite mich, wohin es Dir Dein Herz
Gebietet! Ach! verlaſſe mich nur nicht!
Denn nie bedurft' ich Deines Schußes mehr,
Als heute!

Montgomeri.

Nicht um alle Schäße, Mutter,
Wird Euch ein Sohn, der Euch ſo liebt, verlaſſen!
(er führt Matilden ab.)

Zweyter Auftritt.
Wallori Dekourſi. Gyſſort.

Wallori.
(zu Dekourſi.)

Freund! nenne meines Herzens heißen Wunſch,
Matilden noch einmal zu ſehn, nicht Schwäche. —
Was ſeh ich? — Sie iſt weg! verlaſſen die

Kapelle, wo, vor meinem Scheiden, sie
Noch meinen letzten Seufzer hören sollte!

Dekourſi.

Erwünſchter iſt es, daß ſie ihn nicht höre.

Wallori.

So ſtreng auch die Vernunft, mein leidend Herz
Zu richten, Gründe findet, ſey gerecht!
Erwäge, wem ich hier entſagen muß.—
Von wem dieß Herz ſich ewig trennen ſoll!

Dekourſi.

Von dem, um Heldenruhm, es ſich einſt trennte;
Von dem zu ſcheiden, Ehre nun befiehlt.
Iſt dann der Held ein ſchwacher Greis geworden?

Wallori.

Wie Du, rang ich nach Lorbeern, Freund! Hab' auch
So manche mir geärntet, die mein Blut
Befruchtete. Des Helden Ziel iſt längſt
Erreicht, nur noch des Mannes Wunſch nach Liebe,
Zum Lohn, iſt eitler Traum geblieben! Ach!
Wie theuer mir Matilde war; bedenke!
Wie noch ein Blick von ihr die langen Leiden
Vergeßlich macht! Noch einmal laß mein Herz
In ihren holden Blicken Wonne ſchöpfen!
Vielleicht Gewährung meiner Wünſche, Tod!

H 4

Gyffort.

Erlaubt, daß ich Matilden herberufe;
Auf dieser Trauerstätte sollt Ihr sie
Zur Rede stellen.

Wallori.

Nenne diesen Ort
Nicht Trauerstätte, Gyffort! Eitelkeit
Und Gleißnerey errichteten dieß Denkmahl.
Noch heute wirst Du es, mit Hochzeitskränzen
Geziert, erblicken; — eitel Possenspiel!

Gyffort

Nein, Herr! mit meiner Treue bürg' ich Euch,
Dieß Denkmahl ist kein Werk der Eitelkeit;
Kein Tag, wo nicht Matilde hier in Thränen
Ihr Herz zu Euch erhob; kein Tag wo sie —

Wallori.

Laß ab! Du brichst mein Herz!

Dekoursi.

Ich selbst war Zeuge, .
Wie diesen Morgen, auf den Knieen, sie
Den Namen Wallori mit Thränen nannte;
Und wie, von dieses Altars Schwelle, sich
Durch Seufzer ihre Brust zum Himmel hob.

Gyffort.

Oft schwamm in Thränen dieses Altars Schwelle!

Wallori.

Ihr tödtet mich! laßt ab! (zu Gyff.) Laß ab! Du treibst
Dein eitel Spiel mit Deinem alten Herrn.
Erzähle Kindern Deine Mähre von
Matildens Liebe zu Montgomeri,
Verräther! — Gyffort, sprich! was konnte Dich
Bewegen, meine Gattin zu verleumden —
Und itzt für sie das Wort bey mir zu sprechen?
Hinweg, Verleumder! Fall' ihr hier zu Füßen,
Heul' um Erbarmen! und dann verbirg Dich
Dort in der Felsen tiefste Klüfte! — Weg!

Gyffort.

Mein Gram, nicht meine Reue, soll noch heut
Dem Licht der Sonne mich entziehn! — Bey Gott,
Ich habe wahr geredt!

(er will abgehn.)

Wallori.

Ach bleib, Du guter
Getreuer, alter Diener! und vergieb
Dem Wahnsinn Deines Herrn! Gedulde Dich!
Ich will zu fassen mich bestreben; will
Noch einmal streng hier ihre Tugend prüfen.

Das Pfand, das ich Montgomeri gegeben,
Entscheide meiner künft'gen Tage Ziel.
Zum letztenmal soll dieses Band ihr Herz
Umwinden; an mich reißen will ich es
Mit dieser Liebeskette! — Ha! da kömmt
Der junge Günstling!

Dritter Auftritt.
Montgomeri. Die Vorigen.

Montgomeri.

Zu gelegner Zeit
Treff ich Euch hier, ehrwürdger Mann, und Euch,
Hochedler Ritter! Längst verlangt Matilde,
Mit Euch zu sprechen. —Seht, da kömmt sie schon.

Vierter Auftritt.
Matilde. Die Vorigen.

Matilde.

Erwünscht, daß wir auf dieser heil'gen Stätte
Uns treffen, frommer Mann! — der Engel selbst,
Der sie beschützt, beglücke das Gespräch
Mit Euch, wornach mein Herz sich sehnt.

Wallori.

Wozu

Ich Amen spreche!

Matilde.

Freunde! steht zur Seite,
Daß ja sich Niemand der Kapelle näh're;
Zu diesem Manne hab ich ins geheim
Zu sprechen. — *) (vor sich.)
Standhaft, armes Herz! (laut,)

Ich dank'

Euch, Vater! — Euer Pfand hab ich erhalten;—
Ein kleines, doch unschätzbares Geschenk!
Das einst Dekoursi seinem theuern Freunde
Für mich gereicht. — Vergebt, daß Thränen mich
So plötzlich unterbrechen! — Glaubt Ihr nicht,
Daß Wallori sonst ein'gen Werth auf dieß
Geschenk gesetzt? — Es hat nun seinen Werth
Für meinen Wallori, (wenn er noch lebte)
Verloren; denn der Arm, der es sonst trug,
Ist nun verwelkt;

Wallori.

Ich glaube selbst, daß es
Nicht gleichen Werth für Wallori mehr habe.

*) Sie gehen ab.

Matilde.

Ich hoffe doch, Dekourſi hat es ihm
Für mich gereicht?

Wallori.

Er that's; ich ſelbſt war Zeuge.

Matilde.

Ihr ſelbſt war't Zeuge?

Wallori.

Ja; und er empfing's
Von ſeinem Freund', als eben im Begriff
Er ſtand, ſein Schiff, das ihn in's heilge Land
Gebracht, mit ſeinen Rittern zu beſteigen.
Dekourſi folgt', und focht ihm ſtets zur Seite.

Matilde.

Gebt näher mir Beſcheid, ob Wallori
Die Perlenſchnur, dieß Pfand, in Ehren hielt.

Wallori.

Er trug's, gleich einem heil'gen Bilde, ſtets,
Bey Tag und Nacht, auf ſeinem Herzen.

Matilde.

Sprecht
Ihr Wahrheit? - *) Seht! war's dieſe Perlenſchnur? -

*) Sie nimmt die Perlenſchnur vom Sarge.

Ehrwürd'ger Vater! faſſet Eure Sinne,
Und ſagt: War es daſſelbe Pfand? — Hier, ſeht!
War es daſſelbe?

Wallori.

Ja; es war daſſelbe;
Das Band, das treue Liebe ſonſt geknüpft!

Matilde.

So habt Ihr mir das theuerſte verehrt,
Was alle Schätze dieſer Erde faſſen.
(Sie drückt die Perlenſchnur an ihr Herz; Wallori
bemerkt ihre Verwirrung.)
Willkommen! tauſendmal willkommen mir!

Wallori.

Er trug's, als Amulet, auf ſeiner Bruſt,
In jener Nacht, als er mit ſeinem Schwert
Zuerſt die Mauern von Jeruſalem
Beſtieg; als er, mit eigner Hand, die Fahne
Des Glaubens pflanzte, wo rings um ſich her
Er Schrecken, Tod verbreitete; gefärbt
Von Sarazenen-Blute, konnten ihn,
Geſchützt durch dieſes Heiligthum, die Pfeile
Der Feinde nicht erreichen.

Matilde.

O laßt ab!
Laßt ab, das ſchauervolle Bild des Mordes,

Mit blut'gen Farben auszumalen! kennt
Ihr nicht die Schwäche meiner Sinne? Schon
Erblick' ich meinen Wallori, bedeckt
Mit Wunden, ganz zerfleischt von Sarazenen;
Ich höre schon das Mordgetös' der Schlacht —
Ein Feind, gleich einem grimm'gen Löwen, stürzt
Auf meinen Wallori! — Ha! rette mich
Vor dieser schrecklichsten Gestalt des Mordes!

Wallori.

Matilde, fasset Euch, und seyd gelassen! —
Nicht in der Schlacht fand Wallori das Ziel
Der einst so frohen Tage! — nicht der Dolch
Des Ritters Hildebrand, hat ihn der Wonne
Des Lebens, nach dem Sieg' beraubt; obgleich
Der Bösewicht ihm Todeswunden schlug,
Entkam er doch!

Matilde.

Was hör' ich? Mann! bedenkt
Den heil'gen Ort! entweiht ihn nicht durch Lüge.

Wallori.

Der Geist, der selbst die Wahrheit ist, bezeuge,
Daß ich die reinste Wahrheit rede; daß
Der Dolch, so tiefe Wunden er auch riß,
Nicht Wallori getödtet! — Er fand Hilfe

Und Rettung — ward von einer Karawane
Mitleidig aufgenommen; gieng zu Schiffe,
Um in sein Vaterland zu segeln; hier
Fiel er in Räuberhände, ward als Sklave
In Fesseln nach Algier gebracht, wo er —
Matilde, mäßigt Eure Furcht!

Matilde.

Ihr staunet,
Daß ich vor Furcht erbebe? Staunet nur,
Daß ich Euch hör' und lebe! — Wie? mein Gatte,
Mein Wallori, in Sklavenfesseln? — Er
In Händen heydnischer Barbaren? — Ach!
Vielleicht daß unter Ketten er noch seufzt!

Wallori.

Schwer über ihm lag die Gefangenschaft:
Wohl dreyzehn Jahre lang hat er, in Banden,
Des Schicksals Grausamkeit beweint.

Matilde.

Er starb? —

Wallori.

Der Himmel wollte nicht, daß er sein Grab
In fernen Landen fände.

Matilde.

Wo? — Bekennet!
Wo fiel mein Held? — Die Matern läng'rer Zweifel
Ertrag' ich nicht!

Wallori.

Wo Euer Wallori
Gefallen, wollt Ihr von mir wissen? — Nicht
Der Sarazenen Schwerter — nicht die Ketten
Der härt'sten Sklaverey — nicht Sonnenhitze
Des heißen Afrika — nicht Stürme — nicht
Mühseligkeiten — auch nicht Schiffbruch — nein,
Sein Loos, vom Himmel ihm bestimmt, war: hier
Zu fallen; hier, auf dieser Stelle! — hier,
Wo Kummer ihm das Herz nun bricht — wo ihn
Des schwachen Lebens Kraft verläßt — wo er —
(er sinkt zu Boden.)

Matilde.

Zu Hilfe! — Ha! zu Hilfe! — Kommt, eh mich
Der Schrecken tödtet! — *)
Sieh, mein Sohn! mein Sohn!
Dein Vater liegt, vor Dir, gestreckt zur Erde.
Es ist Dein Vater! sieh, er ist's!

*) Montgomeri eilt herbey.

Mont-

Montgomeri.

Mein Vater?

O rettet ihn! Dekourſi! Gyffort! ſeht!
Dieß iſt mein Vater! — Kommt!*) ſeht her! ſeht her!
Es iſt mein Vater! —**) Ach! und meine Mutter!
Sie ſtirbt!

Dekourſi.

Er iſt ihr Sohn! (zu Wal.) Erwache, Freund!
Leb auf! Dekourſi heißt Dich leben! Sieh!
Dein Nebenbuhler iſt Dein Sohn!

Wallori.

Hinweg!

(er zieht ſinnlos einen Dolch.)

Hinweg! daß ich in ihren Armen dort
Den Günſtling ſelbſt durchbore!

(er ſtößt nach Montgomeri.)

Dekourſi.

(hält ihm den Arm zurück.)

Freund! es iſt
Dein Sohn! Ruf Deinen irren Geiſt zurück! —
Er iſt Dein Sohn! Dekourſi ſpricht's zum Vater.
Gelüſtet Dich nach Deines Sohnes Blute?

*) Dekourſi und Gyffort eilen hinzn, richten
    Wallori auf, und unterſtützen ihn.

**) Matilde ſinkt ihm in die Arme.

I

Wallori.
(halb ſinnlos.)

Verbindet ſeine Wunden! — Ha! er blutet! —
Iſt dieß mein Sohn? — weh mir! weh mir! ſo hab
Ich meinen Sohn gemordet? — Ha! Verderben
Treff mein verfluchtes Haupt! —

Montgomeri.
Er lebt! er lebt!

Auch meine Mutter lebt! — Sie athmet wieder!
O Freunde! haltet meinen Vater noch
Entfernt von ihren Armen, daß der Sturm
Der Freude, beyder Herzen ſchwache Kraft
Nicht plötzlich tödte! —

Matilde.
(ſchwärmeriſch.)
Ha! wo bin ich hier?

Wer ſprach's, daß mein Gemahl noch lebe? wer? —
Wer hält ihn ab, daß er an meinem Herzen,
Verjüngt durch meine Liebe, lebe? — Weg!
Laßt mich!

Wallori.
(zu ſich kommend.)
Matildens Stimm'? Ich hier? noch hier
Im Kirchenkleide? Weg mit dieſem Kleide!
Der Mönch darf nun den rüſt'gen Ritter zeigen.
Hinweg! —*) Matilde, ſieh! Dein Wallori! —
Komm in des Ritters Deines Gatten Arme!

*) Er wirft den Habit von ſich und ſteht in
ritterlicher Rüſtung da.

Matilde.

Gesegnet sey mir, ew'ges Licht des Himmels!
Der du mir einen Strahl der Sonne sendest,
Daß er in vollem Glanze Wallori
Als Helden mir in diesem Traumbild zeige.

Wallori.

Kein Traumbild zaubert Dir Dein guter Engel;
Ich bin Dein Wallori! empfang ihn wieder
In Deinen Armen! —*) Ha! so schließ' ich Dich
Auf ewig an mein Herz! Dieß Herz, das nur
Für Dich, für Dich allein so zärtlich schlägt,
Matilde! — Komm auch Du, geliebter Sohn!
O komm in Deines Vaters Arme! Komm!**)
Die guten Engel weinen Freudenthränen,
Uns wieder so vereint zu sehen! — Dank
Dir, ew'ge Vorsicht! daß du mich der Tugend
Und Liebe meiner Gattinn wieder schenk'st!
Daß du mir dieses Weib so treu erhalten!
O weine nicht, Matilde! weine nicht!
Wir sind am Ziel des Glückes!

Montgomeri.

Liebe Mutter,
Des Vaters Anblick stille Deine Thränen!

Matilde.

Willkommen sind mir diese Freudenthränen!
Sie heilen Schmerz, und lindern meinen Kummer.

*) Er stürzt in ihre Arme.

**) Er umfaßt Montgomeri zur andern Seite.

J 2

O laßt ſie fließen! denn ſie fließen aus
Der Lieb' und Freundſchaft reinſten Quelle, Dir,
Dir Helden, der Du meinen Himmel mir,
Bereiteſt! — Ach, mein Wallori, wie ſehr
Verſtellten Zeit und Kummer Dich! es war
Unmöglich meinen allzuſchwachen Sinnen,
Daß ſie ſogleich in Dir das Meiſterſtück
Wohlthätiger Natur, zerrüttet ſo,
Erkannten! itzt ruft jeder Deiner Züge,
Ein Bild genoſſ'ner Freuden mir zurück.
Den beſten Freund, den Gatten hab ich wieder!

Dekourſi.

Schließt auch den alten Freund in dieſes Band
Mit ein! mit Euch genießen will ich heute
Der Freuden Uebermaß, das Sterblichen
Zur Tugend Preiſe, ſtets der Himmel ſchenkt.
Und morgen, Freunde! folgt zu Heinrichs Throne!
Werft dieſem guten König Euch zu Füßen!
Er wird, als Helden, unſern Wallori
Mit Lorbeern krönen; und Matilde wird,
Beym feyerlichen Feſte des Turniers,
Zur Rechten unſers großen Königs ſitzen.

Wallori.

Wir folgen Dir nach Southampton!

Montgomeri.

Erlaubt
Mein Vater, daß auch ich Euch folg', um dort
Den edeln Namen, den Ihr mir itzt gabt,

Im Kampfkreis mit der Lanze, zu verdienen,
So lang ich mir den Namen Wallori
Durch Thaten nicht errungen, nenne man
Mich immerhin Montgomeri! Der Name,
Den ich der Mutter Zärtlichkeit verdanke.

Wallori.

An diesem Zug' erkenn ich meinen Sohn!
Dir leih ich meine Rüstung zum Turnier,
Und zeige Dich als meinen Sohn im Kreise.
Als Ritter will ich Dich zum zweytenmal
An dieses Vaterherz mit Liebe drücken!

Matilde.

Als Held soll mir mein Karl willkommner seyn!

Wallori.

Dieß ist des edeln Weibes Sprache noch,
Das unter Tausenden mein Herz gewählet:
Weil nicht für Tugend bloß, für Heldenmuth
Gleich männlich, ihre Seele glüht. — Wohlan,
Laßt uns des heutgen Tages Wonne kosten!
Und morgen segeln wir nach Southampton!

Epilog,

von Demoiselle **Witthöft** gesprochen.

Verehrungswürdige! — Ihr habt entschieden
Mag noch ästhetische Beredsamkeit
Den Vers im deutschen Trauerspiel verbieten,
Wer läugnet wohl, daß die Zufriedenheit,
Wie sie aus Euern Herzen heut
Beym Rhythmus laut in Beyfall sich ergossen,
Aus edlen Kunstgefühlen rein geflossen!

Wer zweifelt an der Muse sanften Sprach'?
Durch die es ihr im Jamben leicht wird glücken:
(Was Kritteley auch sagen mag)
Die weichgeschaffnen Seelen zu entzücken.
Hält sie gleich nicht, die Sinne zu bestricken,
Dem Publikum den Zauberspiegel vor;
So lockt sie Thränen, täuscht nicht Aug und Ohr.—

Ihr habt entschieden — künftig wagen
Darfs jeder deutsche Musen = Sohn
Im Vers Euch seine Launen vorzutragen;
Empfängt er auch dafür zum Lohn
Nur eine Thräne, statt der Lorberkron,
So gnügt ihm doch; denn er sieht Lorbern reifen,
Nach denen er einst stolz wird greifen.

Gefallen hat Euch unser Trauerspiel
Ihr Herrn? Doch sind die Damen auch zufrieden?
Und dünkt es ihnen nicht ein Gauckelspiel,
Daß fünfzehn Jahre schon ein Weib geschieden
Vom Gatten, um ihn weint? Und wird hienieden
Solch eine treue Liebe nicht verlacht,
Die Witz und Mode oft zum Spott gemacht?

Vergebt! es ist nur Dichter = Phantasie.
Ein Traum, wiewohl ein süßer, schöner Traum.
Ein Bild, wie einst es Sophokles Genie
Erzeugt, als er des Himmels Harmonie,
Die selbst der Schöpfer in der Schöpfung Raum
Zerstreut, allein im Weibe dargestellt.
(Daher noch Sophokles den Damen so gefällt.)

Als Schlang', als Furie, als argen Drachen,
Gelangs Euripides im Trauerspiel
Das Weib zum Bild des Schreckens einst zu machen.
Wenn manchem auch die Schilderung gefiel,
Verfehlten beyde Griechen doch das Ziel.
Daher zog unser Dichter heut die Liebe
Und Treue vor. Des Weibes Engel = Triebe.

Dünkts Fabel Euch? daß nach der langen Frist
Von fünfzehn Jahren für den lieben Gatten
Der Gattin Aug' ein Thränenstrom entfließt,
Und scheint die Treue für des Todten Schatten
Ein Blendwerk: Werdet Ihr doch wohl verstatten,
Daß man als Fabel, die Moral enthält,
Matildens Trauer auf die Bühne stellt.

Wer weiß? — vielleicht daß manche Männerherzen,
Durch so viel Treu und Tugenden entzückt,
In Zukunft nicht mehr über Wittwenschmerzen
(Wie man es täglich hört,) leichtsinnig scherzen.
Und so erreichte durch dieß Trauerspiel
Der Ehe reine Lieb' ein edles Ziel.